À table en famille
avec 15 euros par jour

•◆•

Des menus équilibrés
avec des produits de saison
et de qualité

Du même auteur

Aux éditions Le Signe
Gourmandise au singulier, 1979

Aux éditions Le Pré aux Clercs
Le Bon Vivre, 1989 (Presse-Pocket, 1991)
Le Vrai Vivre, 1989 (Presse-Pocket, 1991)
Au secours le goût, 1992 (Presse-Pocket, 1993)

Aux éditions Plon
Comme à la maison, tome 1, 1993
Comme à la maison, tome 2, 1994
Le Marché, 1996
De la vache folle en général et de notre survie en particulier, 1997
Le Potager plaisir, 1998
Fleurs bonheurs, 1999
Le Verger gourmand, 2000

Aux éditions Balland
Au bonheur des fruits, 1996

Aux éditions J'ai lu
Comme à la maison, tome 1, 1998

Jean-Pierre Coffe

À table en famille
avec 15 euros par jour

•◆•

Des menus équilibrés
avec des produits de saison
et de qualité

Recettes Christian Ignace

PLON

© Plon, 2002

Sommaire

Avant-propos		13

Sur le marché d'Arles

Déjeuner	Blanquette de veau	19
	Fenouil braisé	20
	Riz pilaf	21
	Pommes au four à la ménagère	21
Dîner	Soupe aux poireaux et pommes de terre	22
	Pâte brisée	23
	Quiche lorraine	24
	Tapioca au lait et à la vanille	25

Sur le marché de Metz

Déjeuner	Concombres rémoulade	30
	Lapin à la moutarde	31
	Pommes de terre sautées	32
Dîner	Potage du cultivateur	33
	Scarole aux foies de volaille et à l'effilochée de lapin	34
	Riz au lait aux zestes d'orange et cannelle	35

Sur le marché de Nancy

Déjeuner	Carottes râpées citronnées, pomme fruit	39
	Poitrine de porc demi-sel au court-bouillon, pommes de terre écrasées	40
	Tarte à la bière blonde et au sucre	41

Dîner	*Soupe de potiron crémée au curry*	42
	Scarole aux lardons de poitrine de porc	43
	Bananes au four à la gelée de groseilles	44

Sur le marché de Lyon St-Antoine

Déjeuner	*Endives à la grecque*	48
	Tagliatelles à la crème, aux ailes de poulet	49
	Mousse au chocolat	50
Dîner	*Bouillon de poulet*	51
	Œufs mollets aux épinards frais	52
	Compote de pommes et de poires	53

Sur le marché de Versailles

Déjeuner	*Salade de mâche aux coquillages*	57
	Goujonnettes de merlan, persil frit	59
	Œufs au lait à la vanille	60
Dîner	*Marmite de poissons du pêcheur provençal, pommes de terre sauce tartar*	61
	Crumble aux pommes	63

Aux halles de Nîmes

Déjeuner	*Couscous royal*	67
	Salade d'oranges à la grenadine	69
Dîner	*Picholines*	70
	Cantal entre-deux	
	Poires, raisins, chocolat noir	

Sur le marché de Boulogne

Déjeuner	*Bœuf bourguignon*	74
	Purée de céleri-rave	76
	Petits pots à la vanille et au caramel	77
Dîner	*Hachis Parmentier, salade frisée*	78
	Pâte sablée	80
	Tarte au citron	81

Sur le marché de Nîmes Jean-Jaurès

Déjeuner	Salade de roquette et laitue maraîchère	
	Poulet en croûte de pain	86
	Compote de poires au sirop vanillé	87
Dîner	Gratin de macaronis au poulet	88
	Fontainebleau à la crème fouettée	89

Sur le marché de Grenoble

Déjeuner	Jambonneau de porc aux lentilles	94
	Beignets aux pommes	95
Dîner	Rognons de porc à la persillade, salade verte	97
	Saint-marcellin	
	Semoule de riz aux raisins	98

Sur le marché de Lyon Croix-Rousse

Déjeuner	Poireaux vinaigrette	102
	Maquereaux en meurette, pommes de terre vapeur	103
	Crêpes au sucre	104
Dîner	Cœur de veau braisé aux carottes	106
	Clémentines	

Sur le marché d'Annecy

Déjeuner	Saumon frais, chou vert en embeurrée	110
	Gâteau fondant et moelleux au chocolat	111
Dîner	Soufflé au crabe	112
	Charlotte aux pommes	114

Sur le marché d'Uzès

Déjeuner	Petits choux farcis	116
	Bugnes, roussettes ou merveilles	118
Dîner	Gnocchis gratinés à la parisienne	119
	Mendiant de fruits secs	121

Sur le marché de Valence

Déjeuner   *Irish stew* 125
Soupe d'ananas frais 126

Dîner   *Betteraves en salade, à l'ail ou à l'échalote* 127
Murson (ou saucisse de couennes)
purée de navets 128
Poires pochées au sirop,
sauce au chocolat chaud 129

Sur le marché de Chartres

Déjeuner   *Salade de citrons jaunes aux olives* 133
Palette de porc
à la purée de haricots blancs 134
Île flottante au caramel 136
Crème anglaise 137

Dîner   *Saucisses*
choux de Bruxelles 138
Fromage blanc au miel 139

Sur le marché de Cloyes-sur-le-Loir

Déjeuner   *Pâté pantin à la viande, salade* 143
Granité à l'orange 146

Dîner   *Soupe à l'oignon gratinée* 147
Tarte fine maison aux pommes 148

Sur un marché de Bordeaux

Déjeuner   *Céleri rémoulade* 151
Tendrons de veau aux carottes 152
Choux à la crème pâtissière 153

Dîner   *Croque-monsieur, salade verte* 155
Polenta aux fruits d'hiver 156

Sur le marché de Toulouse

Déjeuner	Bulots mayonnaise	159
	Terrine de merlan	160
	Pamplemousse	
Dîner	Pizza napolitaine	161
	Pruneaux au vin d'orange	163

Sur le marché d'Alès

Déjeuner	Chili con carne	166
	Salade de fruits d'hiver	167
Dîner	Soufflé au fromage	168
	Compote de poires à la vigneronne	170

Sur le marché de Saumur

Déjeuner	Champignons de Paris à la coriandre fraîche	173
	Langue de veau, sauce gribiche, pommes vapeur	174
	Meringues	175
	Crème Chantilly	176
Dîner	Omelette paysanne aux lardons, champignons, fromage, salade	177
	Quatre-quarts aux pommes	179

Sur le marché de Libourne

Déjeuner	Poulet au curry	183
	Pain perdu au miel	184
Dîner	Salade de chou-fleur vinaigrette	185
	Tourte au fromage	186
	Sablés à la confiture de fruits	188

Sur le marché de Châteaudun

Déjeuner	Lasagnes à la bolognaise	193
	Tarte à l'orange	195

Dîner	Terrine de harengs marinés aux aromates	
	pommes vapeur, salade verte	196
	Omelette au sucre	198

Sur le marché d'Angers

Déjeuner	Tarama	200
	Darne de cabillaud poêlée	
	fondue d'endives à la crème	201
	Gâteau aux poires	202
Dîner	Pâté de campagne	203
	Salade verte	
	Soufflé à la confiture	205

Sur le marché de Paris, avenue Rapp

Déjeuner	Œufs cocotte au beurre	209
	Pintade « grand-mère »	211
Dîner	Bisque d'étrilles	212
	Risotto aux champignons	214
	Tarte aux pommes alsacienne	215

Sur le marché d'Asnières

Déjeuner	Poule au pot	220
	Clafoutis aux pommes	221
Dîner	Bouillon aux vermicelles	222
	Gratin dauphinois	223
	Beignets soufflés « pets-de-nonne »	224

Sur le marché de Beauvais

Déjeuner	Oreilles et queues de cochon	
	chou vert à la vinaigrette moutardée	227
	Crème brûlée	229
Dîner	Endives au jambon	230
	Poires rôties au four	231

Noël

Déjeuner	Omelette au fromage	234
	Pomme	
Dîner	Saumon gravlax aux aromates	235
	Boudin blanc et bananes rôties au four	236
	Cuisses d'oie confites, aux aromates, marrons et pommes au beurre	237
	Bûche de Noël aux marrons et au chocolat	239

Nouvel An

Gougères au fromage	244
Parfait de foies de volailles	245
Tartines de campagne au ragoût de champignons et œufs pochés	247
Canard à l'orange	249
Purée de marrons et céleris	
Diplomate aux fruits confits	251

Index par produit	252
Table des recettes	253

Avant-propos

∽

Pendant le mois de décembre – c'est la raison pour laquelle vous trouverez dans ce livre des menus de fête et de réveillon – nous avons, Christian Ignace, mon vieux complice, et moi-même fait tous les jours un marché dans une ville ou un quartier différents.

Canal Plus nous avait lancé le défi de nourrir avec 15 euros (presque 100 francs) par jour – déjeuner et dîner – une famille de quatre personnes, deux adultes et deux enfants. Relever le défi était tentant. Soyons honnêtes, nous n'y sommes pas parvenus tous les jours.

Et pourtant… Nous avions à notre disposition une armoire à épicerie, comme dans toutes les bonnes maisons, renfermant huile, vinaigre, sel, poivre, moutarde, farine, sucre, des œufs d'avance, une base d'ail, d'oignons et d'échalotes, quelques pommes de terre et carottes, un peu de crème et de lait au réfrigérateur…, un fond d'alcool, du porto, pour ranimer un dessert, exalter une terrine…, un peu de vin blanc ou de vin rouge pour un court-bouillon ou une marinade.

Pour mettre toutes les chances de notre côté, nous avons établi trois règles fortes :

1. Acheter exclusivement les produits de la saison.

Entre le 15 novembre et le 15 mars, les fruits et les légumes d'hiver ne manquent pas : agrumes, pommes, poires, choux de toutes variétés, carottes, navets, pommes de terre, endives, etc.

Nous ne nous sommes pas laissé prendre aux clins d'œil aguicheurs de la cerise chilienne ou à la peau fardée des pêches d'Afrique du Sud.

Nous avons acheté français essentiellement, européen quelquefois, et le plus souvent auprès des maraîchers des environs des villes où nous tournions.

Parmi les produits de saison, catégorie viande, nous avons bien évidemment privilégié les bas morceaux pour préparer des plats mijotés, des bouillis.

Nous avons essentiellement pensé aux femmes qui travaillent, manquent de temps, et avons essayé de leur proposer des plats faciles à réaliser, pouvant être élaborés à l'avance et se conserver facilement jusqu'au lendemain, voire jusqu'au surlendemain.

Nous avons également tenté de remettre à l'honneur des recettes sucrées familiales, un peu oubliées : tartes – il en existe des dizaines et des dizaines –, clafoutis, soufflés, meringues, compotes, diplomates…

2. Nous avons constaté que nos concitoyens mangeaient trop et que nos commerçants avaient perdu le sens du « peser léger ». Que dire de la grande distribution qui tranche « machine » et calibre systématiquement lourd toutes les pièces à rôtir ?

Nous avons considéré que 120 g de viande sans os – 150 g avec os – par personne et par jour étaient largement suffisants, et que 150 g de poisson sans arêtes devaient satisfaire l'appétit normal d'un travailleur sédentaire.

Nous avons toujours cherché à équilibrer nos menus :
Une entrée, un plat, pas de dessert.
Pas d'entrée, un plat, un dessert.

Nous souhaitons, pour le dîner, vous redonner le goût de la soupe ; soupe ou potage, voire bouillon, bisque… Peu importe, par les grands froids, nous n'avons rien trouvé de mieux.

Nous voulions réhabiliter l'œuf. Difficile ! Son prix varie, pour un même calibre et dans la catégorie extra-frais datée, de

0,15 à 0,38 euros (soit de 1 franc à 2,50 francs). Si, si ! Nous vous le prouverons quand vous voudrez. Nous avons fait de bonnes pioches, qui nous ont permis de retrouver les œufs au lait, crème caramel, œufs cocotte, omelette – fourrée –, plat de résistance ou dessert.

Nous aurions aimé vous faire découvrir les fromages, car les laitages sont indispensables à l'équilibre. Même pasteurisés – donc sans intérêt gustatif ni vitaminique – ils sont très chers, trop chers. Dissuasif… Adieu le plaisir ! L'appellation contrôlée n'est pas forcément un gage de qualité, mais à coup sûr l'annonce d'un prix élevé. Seuls, sur les marchés, les petits producteurs peuvent satisfaire à un juste prix les amateurs de fromage.

3. Nous nous sommes fixé comme troisième règle de ne jamais négocier la qualité et nous sommes assez fiers d'avoir fait la démonstration que, attentifs et courageux – la cuisine est un véritable travail –, nous pouvions nous nourrir bien, quelquefois très bien, avec des produits de qualité et à des prix raisonnables. La médiocrité n'est pas le corollaire du bas prix, de même qu'il n'y a pas de fatalité à mal manger, surtout dans notre pays, sauf à surpayer les produits.

Nous sommes convaincus que le retour vers la table familiale, chaleureuse et conviviale, est une nécessité qui permet de répondre à nombre de questions. Ce n'est pas le luxe qui compte, c'est la qualité des convives. Ce ne sont pas les grands restaurateurs ni les aristocrates, pas plus que les bourgeois, qui ont fait avancer la cuisine, c'est l'imagination des braves gens, des bonnes gens. Ce sont eux qui, avec peu, ont toujours su faire la fête et respecter les produits issus de l'agriculture.

Repensons la vie à partir de mots simples, plaisir, bonheur, amour, nous lui retrouverons peut-être un sens.

• *Le marché a été fait en francs. Le prix en francs de chaque produit a été converti en euros et arrondi à deux chiffres après la virgule. Cet arrondi peut expliquer quelques différences de centimes entre le total en francs et celui en euros.*
• *Sauf indication contraire, les recettes sont établies pour quatre personnes.*

Sur le marché d'Arles

---•◆•---

Déjeuner
Blanquette de veau
Fenouil braisé
Pommes au four à la ménagère

༶

Dîner
Soupe aux poireaux et pommes de terre
Quiche lorraine
Salade verte
Tapioca au lait et à la vanille

Produits	Prix au kg	Quantité	Francs	Euros
Blanquette de veau	79,00 F	620 g	49,00 F	7,47 €
Pommes	10,80 F	4	9,70 F	1,48 €
Sucrines		3	10,00 F	1,52 €
Poireaux	10,00 F	2	6,00 F	0,91 €
Pommes de terre	5,80 F	470 g	2,70 F	0,41 €
Oignon		3	1,70 F	0,26 €
Fenouils	8,00 F	1 kg	8,00 F	1,22 €
Poitrine	34,50 F	200 g	6,90 F	1,05 €
Œufs		6	7,00 F	1,07 €
Total			101,00 F	15,39 €

Prix relevés sur le marché d'Arles.

Commentaires

Si l'on doit conserver des **œufs**, les placer dans un saladier en verre, recouverts par exemple d'une page du quotidien régional chiffonné pour les tenir à l'abri de la lumière.

Pour économiser 1,22 euros, nous vous suggérons de remplacer les fenouils braisés par du riz pilaf. Nous avons acheté 3 belles sucrines, nous n'en utilisons que 2. Conserver la salade restante dans le bac à légumes du réfrigérateur.

Les morceaux du **veau** sont en général très tendres, dès l'instant où l'on prend quelques précautions.

Il faut d'abord vérifier que la viande est rose clair, la chair fine, le grain serré, plutôt soyeux ; l'os doit être blanc ou rose, la graisse clairsemée. Si le morceau présente trop de gras, c'est que le veau, déjà vieux, est en train de devenir une génisse ou un broutard. Évitez les taches brunes et les emballages mouillés qui indiquent que la viande a peut-être été congelée. La viande ne doit être ni trop humide, ni trop sèche. Humide, elle se dégonfle à la cuisson, perd de l'eau et se racornit ; sèche, elle n'offre à aucun moment ni moelleux ni saveur. Attention à ces deux points.

Avant de cuire un morceau de veau, frottez-le avec du citron, il conservera sa belle couleur claire quel que soit le type de plat que vous préparez. Si vous saisissez la viande à feu vif, elle restera moelleuse, mais en général le veau se cuit plutôt à feu doux. Procédez comme pour le gigot d'agneau : lorsque vous retirez une cuisson, notamment un rôti, emballez-la dans une feuille de papier d'aluminium, laissez-la à l'entrée – pas à l'intérieur bien sûr – du four encore chaud, la viande n'en sera que plus savoureuse.

> ❀ *Gardez du pain pour fabriquer vous-même de la chapelure ou confectionner des croûtons aillés.*

Le **tapioca** est une fécule fabriquée à partir de l'amidon extrait des racines du manioc, d'abord déshydraté, cuit, puis broyé jusqu'à consistance très fine. Certains tapiocas sont préparés avec des amidons d'origines diverses ; le vrai est essentiellement à base de manioc, et le véritable manioc vient de Guyane, du Brésil ou des Antilles.

Blanquette de veau

Ingrédients

650 g d'épaule et de flanchet de veau, coupés en 8 morceaux

1 oignon

1 belle carotte

1 bouquet garni
(1 branche de thym, 1 feuille de laurier, quelques queues de persil)

2 cuillerées à soupe de crème fraîche épaisse

1 jaune d'œuf

30 g de beurre

30 g de farine

sel, poivre

Préparation

- Déposer la viande de veau dans une casserole à jupe haute. Verser 1 litre d'eau, porter à ébullition. Écumer.
- Éplucher les légumes. Couper la carotte en grosses rondelles, émincer l'oignon.
- Ajouter à la blanquette la carotte, l'oignon, le bouquet garni, une cuillerée à café de sel, un peu de poivre. Laisser mijoter 1 heure 30 à petits bouillottements.
- Faire fondre 30 g de beurre dans une casserole. Incorporer 30 g de farine en remuant avec un fouet. Laisser cuire ce roux 10 minutes à petit feu.
- Égoutter la viande, la carotte et l'oignon.

- Mesurer 50 cl de bouillon de cuisson chaud. Hors du feu, le verser sur le roux. Remettre à cuire doucement 5 minutes.
- Prélever une louche de bouillon lié, la verser lentement sur le jaune d'œuf et la crème préalablement mélangés dans un bol. Remuer au fouet. Hors du feu, ajouter dans le bouillon lié le contenu du bol, la viande égouttée, la carotte et le 1/2 oignon coupé en morceaux. Tenir au chaud à couvert.

Fenouil braisé

Ingrédients

2 fenouils
(environ 500 g chacun)
50 g de beurre
1 feuille de laurier
1 branche de thym
sel, poivre

Préparation

- Choisir des bulbes de fenouil bien blancs et serrés.
- Retirer si nécessaire les feuilles extérieures dures. Couper les tiges garnies de fanes et détailler les fenouils en 6 morceaux.
- Les blanchir 15 minutes dans de l'eau bouillante salée.
- Les retirer avec une écumoire et les égoutter.
- Dans une cocotte, faire fondre le beurre. Poser les fenouils côte à côte. Ajouter le thym et le laurier. Saler, poivrer.
- Cuire à couvert 15 minutes, en arrosant de temps en temps.

Riz pilaf

Ingrédients

160 g de riz blanc
2 cuillerées à soupe de beurre
1 petit oignon

Préparation

- Émincer finement l'oignon. Faire fondre le beurre dans une casserole, laisser cuire l'oignon 3 minutes. Ajouter le riz, bien mélanger avec une cuiller en bois.
- Verser 2 fois son volume d'eau si nécessaire. Saler. À ébullition, couvrir la casserole, compter 18 minutes de cuisson à petit feu. Laisser reposer le riz 5 minutes, l'égrener à l'aide d'une fourchette.

Pommes au four à la ménagère

Ingrédients

4 belles pommes fermes, juteuses et acidulées
40 g de beurre
40 g de sucre cristallisé
1/2 verre d'eau

Préparation

- Préchauffer le four à 160 °C (thermostat 5).
- Laver les pommes, les évider à l'aide d'un vide-pomme. Avec la

pointe d'un couteau, inciser la peau à mi-hauteur sur toute la circonférence, pour éviter qu'elle n'éclate à la cuisson. Ranger les pommes dans un plat à gratin.
- Dans un bol, travailler le beurre en pommade et le sucre. Remplir la cavité de chaque fruit avec ce mélange. Ajouter le demi-verre d'eau au fond du plat et mettre au four 35 à 40 minutes. Arroser les pommes deux fois pendant leur cuisson avec le jus du plat. Elles doivent être légèrement affaissées et cuites à cœur. Servir chaud ou tiède.

Variante
Remplacer les pommes par des poires à chair fondante, Williams, Doyenné du Comice ou Guyot.

Soupe aux poireaux et pommes de terre

⊙⊗⊙

Ingrédients

2 poireaux

1 gros oignon

3 belles pommes de terre

400 g de lait (à peine 50 cl)

1 litre d'eau
ou de bouillon du commerce

30 g de beurre

sel, poivre

Préparation

- Éplucher et laver intimement les poireaux. Éplucher l'oignon et les pommes de terre. Dans une casserole, mettre le beurre à

fondre, ajouter les poireaux et l'oignon émincés finement. Laisser suer doucement à couvert 10 minutes. Ajouter l'eau ou le bouillon, le sel et le poivre. Laisser bouillotter environ 20 minutes avec un couvercle.
- Couper les pommes de terre comme des pommes chips et les faire cuire environ 10 minutes dans le lait, en remuant doucement avec une cuiller en bois. Les conserver fermes.
- Ajouter la moitié des pommes de terre aux poireaux et oignon.
- Passer l'autre moitié au moulin à légumes et mélanger la purée obtenue à la soupe pour faire la liaison.
- Rectifier l'assaisonnement si nécessaire.

Pâte brisée

Ingrédients

200 g de farine

100 g de beurre

2 jaunes d'œufs

1 pincée de sel fin

Préparation

- Il est important que le beurre soit souple, donc à température de la pièce, avant de commencer à travailler.
- Dans un saladier, mettre le beurre en pommade. Ajouter les jaunes d'œufs. Mélanger. Verser 5 cuillerées à soupe d'eau, cuiller après cuiller, tout en continuant à lier le beurre et les jaunes d'œufs. Bien mélanger pour éviter que la pâte soit trop élastique. Incorporer la pincée de sel puis, petit à petit, la farine.
- Lorsque la pâte forme une boule et se détache du saladier, l'envelopper dans un torchon et la laisser reposer 1 heure au frais, par exemple dans le bac à légumes du réfrigérateur.

Quiche lorraine

Ingrédients

300 g de pâte brisée (voir recette précédente)
3 œufs
150 g (15 cl) de crème fraîche
180 g de poitrine fumée
1 noix de beurre (pour le moule)
1 pointe de couteau de noix muscade râpée
sel, poivre

Préparation

- Couper la poitrine fumée en petits dés après l'avoir découennée et débarrassée des cartilages. Faire chauffer ces lardons dans une poêle, les laisser rissoler à feu doux pour libérer la graisse : 5 minutes suffisent. Réserver.
- Préchauffer le four à 220 °C (thermostat 7). Fariner le plan de travail. Abaisser sur une épaisseur de 3 à 4 mm la pâte préalablement enveloppée dans un torchon et conservée 1 heure au frais. La poser sur le moule beurré en veillant à ce qu'elle remonte bien sur les bords. Piquer le fond de quelques coups de fourchette. Garnir des lardons égouttés.
- Dans un saladier, battre les œufs entiers avec la crème, une pincée de sel – attention, la poitrine fumée contient déjà du sel –, 2 tours de moulin à poivre et la noix muscade râpée. Verser le mélange crème/œufs sur les lardons.
- Mettre au four, laisser cuire 25 minutes ; après 15 minutes, réduire la chaleur du four à 180 °C (thermostat 6).

Tapioca au lait et à la vanille

Ingrédients

50 cl de lait

3 cuillerées à soupe de tapioca

1/2 gousse de vanille
(ou 1 sachet de sucre vanillé)

90 g de sucre cristallisé (ou semoule)

3 cuillerées à soupe d'eau

2 jaunes d'œufs

50 g (5 cl) de crème fraîche

Préparation

- Dans une casserole, verser le lait, ajouter la demi-gousse de vanille fendue et grattée (ou le sucre vanillé), ainsi que le sucre. Porter à ébullition et remuer à l'aide d'un fouet.
- Hors du feu, couvrir la casserole, laisser infuser 7 ou 8 minutes.
- Remettre la casserole sur le feu. À ébullition, incorporer le tapioca en pluie, laisser cuire 10 minutes, en remuant toujours au fouet, jusqu'à ce qu'il devienne transparent.
- Séparer les jaunes des blancs d'œufs (réservés pour un autre dessert), les battre avec la crème fraîche. Verser l'ensemble dans la casserole contenant le tapioca, compter 1 minute d'ébullition.
- Débarrasser dans un plat creux ou un saladier. Laisser refroidir.
- *Nota :* ce dessert peut se préparer à l'avance.

Sur le marché de Metz

———•◆•———

Déjeuner
Concombres rémoulade
Lapin à la moutarde
Pommes de terre sautées

◎⊙

Dîner
Potage du cultivateur
Scarole aux foies de volaille et à l'effilochée de lapin
Riz au lait aux zestes d'orange et cannelle

Produits	Prix au kg	Quantité	Francs	Euros
Lapin	30,00 F	1,415 kg	42,45 F	6,47 €
Foies de volaille	20,00 F	340 g	6,80 F	1,04 €
Poireaux	9,00 F	430 g	3,85 F	0,59 €
Carottes	9,00 F	330 g	2,95 F	0,45 €
Pommes de terre	4,00 F	340 g	1,35 F	0,21 €
Scarole		1	11,70 F	1,78 €
Navets	13,00 F	320 g	4,10 F	0,63 €
Céleri-rave		1 petite boule	5,00 F	0,76 €
Concombre	27,00 F	670 g	18,10 F	2,76 €
Oignons	9,00 F	205 g	1,80 F	0,27 €
Total			98,10 F	14,96 €

Prix relevés sur le marché de Metz

Commentaires

La **moutarde** provient d'une plante herbacée, originaire du Bassin méditerranéen, qui donne des fleurs jaunes, puis des fruits, des petites gousses remplies de graines. Celles-ci extraites et pilées servent de base à l'élaboration de la moutarde.

La moutarde est connue depuis des millénaires pour ses propriétés condimentaires. Elle est cultivée en Chine depuis 3 000 ans. La moutarde de Chypre était appréciée en tant que salade, surtout chez les Grecs. Les Romains ont été les premiers à broyer ses graines pour épicer les viandes et les poissons. Elle a les honneurs de la Bible avec la parabole du grain de sénevé. Rabelais saluait ses vertus digestives. La recette de la moutarde telle que nous la connaissons figurait déjà dans le traité de cuisine d'Apicius.

Il existe plusieurs types de moutardes : des moutardes courantes, de Dijon, blanche, forte, extra-forte. C'est la référence. En 1937, un décret en a fixé la composition et le mode de fabrication.

Également de la moutarde dite « a l'ancienne », aux grains entiers qui conservent tout ou partie de leur enveloppe, contrairement à la moutarde blanche, dont on déshabille entièrement les graines. La plus connue est celle de Meaux.

> *Ne pas oublier de demander au boucher une crépine pour emballer le lapin. Avec un peu de chance, il vous l'offrira gentiment.*

Font partie des dénominations autorisées les moutardes aromatisées avec des légumes, des fruits, des épices... Moutarde aux quatre fruits, au cidre, au miel, au champagne... La moutarde violette au moût de vin, de Brives, est exquise. Plutôt bonne, une moutarde italienne, *crémone*, avec des fruits macérés, davantage un chutney, sauce à l'aigre-doux, qu'une moutarde. Pour mémoire : des moutardes allemandes légèrement sucrées, des moutardes américaines, une moutarde chinoise qu'on appelle *gai*, plus épicée que la nôtre, et une moutarde japonaise, le *karashi*.

> ⊗ *Découper le lapin avec un couteau plutôt qu'avec une feuille, pour éviter les esquilles et les petits os dangereux pour les gencives et les dents.*

La moutarde n'a pas de date limite de consommation, la date mentionnée indique la période pendant laquelle ses qualités gustatives demeurent optimales. Entamé, vous conserverez le pot parfaitement fermé au réfrigérateur plusieurs semaines. Si vous ne l'avez pas ouvert, vous l'entreposerez dans un placard, il ne risque rien.

Je vous conseille d'acheter une **scarole**, spécialité du Roussillon. Les scaroles d'hiver sont généreuses, les feuilles larges, entières, ondulées. Les feuilles extérieures protègent les feuilles blanches du cœur, très serrées, repliées pudiquement pour se mettre à l'abri des rayons indiscrets du soleil. Si vous l'achetez très grosse, vous en mangerez une moitié le jour même, l'autre moitié le lendemain, elle se conserve très bien

Concombres rémoulade

Ingrédients

900 g de concombres (2 moyens),
soit 650 g une fois épluchés et épépinés

3 cuillerées à soupe de crème fraîche épaisse

1 cuillerée à soupe de vinaigre de vin

1 branche de menthe fraîche

1 belle cuillerée à café de gros sel

sel fin, poivre

Préparation

- Le concombre se prépare la veille pour le déjeuner ou le matin pour le dîner, car faute d'avoir dégorgé, il peut être difficile à digérer.
- Avec l'épluche-légumes, enlever la peau verte des concombres ; les couper en tranches très fines au robot ou au moulin à julienne (grille des pommes chips).
- Dans un saladier, les saupoudrer de gros sel. Bien remuer. Laisser dégorger 3 bonnes heures.
- Rincer les concombres à l'eau froide. Les mettre dans un torchon et presser pour en extraire l'eau de végétation.
- Ajouter la crème fraîche épaisse, le vinaigre, le sel fin, le poivre, les feuilles de menthe hachée. Mélanger.
- *Nota :* on peut préférer une vinaigrette classique, remplacer la menthe par du persil ou de l'estragon.

Lapin à la moutarde

Ingrédients

1 lapin de 1,4 kg
3 cuillerées à soupe de moutarde
+ 1 cuillerée à café
1 gros oignon
100 g de crépine de porc
(appelée aussi « toilette »)
1 brindille de thym
3 gousses d'ail
1 pot de crème fraîche liquide
2 cuillerées à soupe de beurre
1 cuillerée à soupe d'huile
sel, poivre

Préparation

- Faire découper au couteau le lapin en morceaux par le volailler. Garder le foie.

La veille

- Saler, poivrer tous les morceaux à l'exception du foie. Les badigeonner, à l'aide d'un pinceau, de 3 cuillerées de moutarde forte, avant de les envelopper séparément dans les lambeaux de crépine. Saupoudrer légèrement de fleur de thym et mettre au réfrigérateur toute la nuit.

Le lendemain

- Préchauffer le four à 180 °C (thermostat 6).
- Couper finement l'oignon, le répandre dans la lèchefrite. Poser dessus, à même la lèchefrite, les morceaux de lapin arrosés de quelques gouttes d'huile et les gousses d'ail coupées en deux mais non pelées.

- Mettre au four 20 minutes. Retourner les morceaux et laisser cuire encore une vingtaine de minutes. Vérifier la cuisson à l'aide de la pointe d'un couteau. Ajouter le foie 8 minutes avant la fin.
- Sortir les morceaux de lapin, les ranger dans une cocotte fermée, maintenue au chaud dans le four à 90 °C (thermostat 3).
- Décoller les sucs de la lèchefrite en additionnant un grand verre d'eau. Verser dans une casserole et faire réduire jusqu'à évaporation de l'eau. Ajouter la crème, laisser bouillir quelques minutes pour faire épaissir la sauce et la lier. La filtrer à travers une passoire fine au-dessus d'une casserole. Incorporer 1 cuillerée à café de moutarde forte et fouetter pour assurer la liaison.
- Sortir la cocotte du four. Arroser le lapin avec la sauce obtenue, laisser bouilloter à feu doux quelques minutes.
- Servir avec les pommes de terre sautées bien croustillantes.

Pommes de terre sautées

Ingrédients

700 g de pommes de terre
(BF 15, Belle-de-Fontenay ou Roseval)
2 cuillerées à soupe d'huile d'arachide
2 cuillerées à soupe de beurre demi-sel
1 cuillerée à soupe de persil plat haché
2 cuillerées à soupe de gros sel
poivre du moulin

Préparation

- Ne pas peler les pommes de terre. Les laver. Les cuire à l'eau, dans un récipient sans couvercle, avec 2 cuillerées à soupe de gros sel. À ébullition, compter 7 à 8 minutes de cuisson.
- Les égoutter et les éplucher. Les couper en rondelles de 5 mm d'épaisseur.

- Mettre l'huile et le beurre à chauffer dans une poêle antiadhésive. Y faire dorer les pommes de terre vivement des deux côtés.
- Donner un tour de moulin à poivre.
- Parsemer de persil finement haché. Servir brûlant.
- Rien n'interdit, si on aime, d'ajouter un hachis d'ail.

Potage du cultivateur

Ingrédients

2 grosses carottes

1 beau poireau

2 grosses pommes de terre

100 g de céleri-rave
(servir le reste de la boule en rémoulade)

1 oignon blanc

2 navets

2 cuillerées à soupe de beurre

1,5 litre d'eau (avec du bouillon de volaille
du commerce ou un cube)

sel, poivre

Préparation

- Éplucher les légumes, les laver et les couper en petits morceaux réguliers. Chauffer le beurre dans une cocotte, ajouter les légumes. Remuer avec une cuiller en bois pour bien les imprégner. Couvrir et laisser cuire 10 minutes à petit feu.
- Ajouter l'eau (ou le bouillon), saler, poivrer. Laisser bouillotter 30 minutes. Rectifier l'assaisonnement.
- ***Nota :*** le potage peut être mixé ou passé au moulin à légumes (grille moyenne).

Variante
Ajouter, selon ses envies, un peu de lait, de crème ou de beurre frais.

Scarole aux foies de volaille et à l'effilochée de lapin

Ingrédients

Restes de lapin
1 scarole
340 g de foies de volaille
2 cuillerées à soupe de beurre
1 cuillerée à soupe d'huile
2 œufs
10 cl de vinaigrette
1 rasade de vinaigre de vin
sel, poivre

Préparation

- Éplucher la salade, couper des feuilles de 3 à 4 cm environ. Laver soigneusement, égoutter, essorer dans un torchon de cuisine. Réserver.
- Cuire les œufs 10 minutes à l'eau bouillante, les rafraîchir à l'eau froide. Les écaler.
- Chauffer dans une poêle antiadhésive le beurre et l'huile. Dorer les foies de volaille sur les deux faces. Saler, poivrer. Compter 5 minutes de cuisson, terminer par une rasade de vinaigre de vin. Débarrasser sur une assiette.
- Déposer la salade dans un grand saladier, ajouter la vinaigrette, les œufs durs coupés en gros dés et les foies de volaille écrasés à la fourchette. Fatiguer la salade avec une petite écumoire. Semer l'effilochée de lapin, les chairs émiettées ou coupées en petits morceaux. Servir.

Riz au lait aux zestes d'orange et cannelle

Ingrédients

120 g de riz blanc
(à dessert ou grains ronds)
50 cl de lait
3 rubans de zeste d'une orange (environ 10 g)
100 g de sucre semoule
5 cm d'un bâton de cannelle ou
1 cuillerée à café de cannelle en poudre

Préparation

- Prélever à l'aide d'un économe 3 larges rubans de zeste d'orange. Les hacher finement, les déposer dans une casserole avec le riz. Ajouter 50 cl d'eau froide, faire bouillir pendant 3 minutes. Égoutter dans une passoire fine.
- Dans une casserole d'environ 1 litre, chauffer le lait avec la cannelle. À ébullition, ajouter le riz et les zestes d'oranges égouttés. Placer la casserole au bain-marie, couvrir avec une assiette, laisser bouillotter 30 minutes sans remuer.
- Hors du feu, verser le sucre, mélanger avec une cuiller. Couvrir et laisser tel quel 15 minutes. Débarrasser le riz dans un saladier. Laisser refroidir.

Variante
Remplacer la cannelle par une 1/2 gousse de vanille grattée.

Sur le marché de Nancy

---·✦·---

Déjeuner
Carottes râpées citronnées, pomme fruit
Poitrine de porc demi-sel au court-bouillon,
pommes de terre écrasées
Tarte à la bière blonde et au sucre

೧೦

Dîner
Soupe de potiron crémée au curry
Scarole aux lardons de poitrine de porc
Bananes au four à la gelée de groseilles

Produits	Prix au kg	Quantité	Francs	Euros
Pommes de terre	9,00 F	860 g	7,70 F	1,17 €
Potiron	13,00 F	710 g	9,10 F	1,39 €
Carottes	9,00 F	430 g	2,10 F	0,32 €
Pomme		1	2,90 F	0,44 €
Bananes		4	6,00 F	0,91 €
Poitrine	50,00 F	870 g	43,50 F	6,63 €
Oignon		1	2,00 F	0,30 €
Carottes		2	2,00 F	0,30 €
Œufs		6	7,00 F	1,07 €
Total			82,30 F	12,53 €

Prix relevés sur le marché de Nancy.

Commentaires

Le curry n'est pas une épice à proprement parler, c'est un mélange de plus de vingt condiments. Coriandre, cumin, curcuma, poivre, gingembre, girofle, cardamome, muscade, cumin et piment frais écrasé entrent généralement dans la composition du curry qui peut être acheté ou confectionné à la maison, à la main ou au pilon.

✂ *Nous utilisons l'autre moitié de la scarole achetée la veille.*

Quand la **banane** est uniformément jaune, on peut considérer qu'elle est parfaitement mûre, l'amidon est alors transformé en glucose. Si on la choisit à peau verte, il faudra la laisser mûrir à température ambiante, entre 12 et 18 °C. La peau est déjà tigrée ? La banane est très mûre, plutôt fondante, vous n'aurez pas de plaisir. À éviter également : les bananes noires, marronnasses ou franchement trop vertes, ainsi que celles qui sont irrégulièrement jaunes ou déjà fendues, voire ouvertes, elles ont été choquées. Ignorez absolument celles qui n'ont pas de pédoncule.

Je voudrais rappeler que la banane se digère en 1 heure 45 alors qu'il faut, par exemple, 3 heures 30 pour une pomme de terre. On peut considérer qu'en matière de coupe-faim, la banane est de loin préférable à un gâteau. N'oubliez pas que la banane, quand elle est verte, est totalement indigeste car elle contient beaucoup trop d'amidon.

La banane fait merveille dans les salades de fruits, elle aime l'alcool. Vous pouvez aussi la rôtir dans un peu de beurre, la flamber avec du rhum, originaire de son pays, la Martinique.

Chaude, mélangée à du beurre, la chair de la banane devient un accompagnement idéal, pour le boudin notamment. Elle supporte aussi la friture dès l'instant où elle est pelée, coupée en très fines tranches.

> ⚜ *Pour ne rien perdre : lavés, passés sous le gril, salés au sel fin, non seulement les pépins de potiron sont délicieux à l'apéritif, mais on leur prête des vertus aphrodisiaques...*

Avec des «plantains», bananes vertes à chair fibreuse et sèche, vous réaliserez d'excellentes purées, après les avoir cuites à l'eau bouillante dans leur peau très ferme. Aliment traditionnel de millions d'Antillais et d'Africains, elles sont pour eux l'équivalent de notre pomme de terre.

Carottes râpées citronnées, pomme fruit

Ingrédients

400 g de carottes, soit 300 g une fois épluchées
1 petite pomme fruit ferme, acidulée
(Granny Smith par exemple)

120 g de sauce :
6 cuillerées à soupe d'huile
2 cuillerées de jus de citron
1 gousse d'ail (facultatif)
sel, poivre

Préparation

- Éplucher les carottes et les laver à l'eau courante. Les râper au robot ou au moulin à légumes (grille moyenne).
- Faire la sauce.
- Couper la pomme pelée et évidée en petits cubes. Les mélanger aux carottes râpées et à la sauce. Laisser reposer pour développer le parfum de la pomme.

- Les carottes aiment l'ail : 1 gousse hachée finement ou écrasée leur convient parfaitement.
- *Nota :* on peut aussi râper la pomme avec les carottes.

Poitrine de porc demi-sel au court-bouillon, pommes de terre écrasées

Ingrédients

700 g de poitrine de porc demi-sel

1 belle carotte coupée en grosses rondelles

1 oignon jaune

2 clous de girofle

1 bouquet garni
(1 brindille de thym, 1 feuille de laurier, quelques queues de persil)

1 petite gousse d'ail coupée en deux

600 g de pommes de terre

beurre frais

Préparation

- Dessaler la poitrine une nuit à l'eau fraîche. Éplucher la carotte et l'oignon, piquer celui-ci avec les clous de girofle. Placer la poitrine dans une casserole, recouvrir largement d'eau. Porter à ébullition. Ajouter les légumes, le bouquet garni et la gousse d'ail. Laisser cuire à bouillottements 2 heures environ.
- Éplucher les pommes de terre. Les cuire si possible à la vapeur.
- Servir la poitrine en tranches de 5 mm d'épaisseur.

Dans les assiettes, écraser à la fourchette avec un peu de beurre frais les pommes de terre et la carotte de la cuisson.
- Accompagner de moutarde et de cornichons.

Variante
Arroser les pommes de terre avec une vinaigrette moutardée.

Tarte à la bière blonde et au sucre

Ingrédients
200 g de pâte sablée (voir recette p. 80)

2 œufs entiers

160 g de sucre cristallisé

9 cl de bière blonde

1 noix de beurre (pour le moule)

Préparation
- Préparer la pâte à tarte sablée. La laisser reposer environ 1 heure au réfrigérateur.
- Préchauffer le four à 160 °C (thermostat 5/6).
- Fariner le plan de travail, abaisser la pâte sur 3 ou 4 mm d'épaisseur. La déposer dans un moule beurré, bien relever les bords, piquer le fond avec une fourchette, recouvrir de papier sulfurisé et de légumes secs (haricots ou lentilles). Mettre au four 15 minutes.
- Dans un saladier, mélanger les œufs avec le sucre, puis ajouter la bière.
- Débarrasser le fond de tarte des légumes secs et du papier sulfurisé. Verser le mélange œufs/sucre/bière. Remettre au four durant 40 minutes.

- Laisser tiédir avant de déguster. Voilà une tarte originale et délicieuse.

Conseil : utiliser un moule à tarte de 20 cm de diamètre environ.

Soupe de potiron crémée au curry

Ingrédients

1 belle tranche de potiron d'environ 700 g, soit 500 g une fois épluchée

150 g (15 cl) de crème fraîche

1/2 cuillerée à café de curry en poudre

1 pincée de sel fin

Préparation

- À l'aide d'un couteau, enlever l'écorce, les pépins et la filasse du potiron. Couper la chair en gros cubes, les déposer dans une casserole. Verser 75 cl d'eau et laisser cuire 25 minutes à petits bouillottements.
- Remuer avec une cuiller en bois pendant la cuisson ; après 10 minutes, ajouter le curry et le sel.
- Passer la soupe au moulin à légumes (grille fine) au-dessus d'un saladier, ou au mixeur. Remettre la préparation dans la casserole. Ajouter la crème fraîche. Laisser bouillotter 5 minutes. Rectifier l'assaisonnement.
- Servir tel quel avec quelques tranches de pain légèrement grillées.

Nota : cette soupe peut se préparer à l'avance et se réchauffer.

Variante

Remplacer la crème par du lait.

Scarole aux lardons de poitrine de porc

Ingrédients

1 belle scarole

le reste de poitrine de porc du déjeuner

1 cuillerée à soupe d'huile
(de noix de préférence)

1 cuillerée à soupe de vinaigre de vin

1 cuillerée à soupe d'huile d'olive

Préparation

- Éplucher, laver, essorer la salade. La couper en morceaux pas trop gros.
- Débiter la poitrine de porc en petits lardons. Les laisser rissoler doucement à feu doux dans une poêle antiadhésive avec la cuillerée d'huile de noix.
- Déposer dans un saladier la scarole coupée et le contenu de la poêle.
- Verser le vinaigre dans la poêle, remettre quelques instants sur le feu, ajouter la cuillerée d'huile d'olive. Vider dans le saladier.
- Mélanger la salade, compléter avec quelques tours de moulin à poivre.
- *Nota :* s'il reste également des pommes de terre du déjeuner, les couper en fines rondelles et les mêler à la salade.

Bananes au four à la gelée de groseilles

Ingrédients

4 bananes

1 belle cuillerée à soupe de beurre

2 cuillerées à soupe de sucre cristallisé

1/2 pot de gelée de groseilles

Préparation

- Préchauffer le four à 200 °C (thermostat 6/7).
- Beurrer généreusement un plat à gratin et le saupoudrer de sucre.
- Déshabiller les bananes, les ranger dans un plat. Mettre au four 10 minutes, les retourner après 5 minutes de cuisson.
- Les napper de gelée de groseilles et servir aussitôt.

Sur le marché de Lyon Saint-Antoine

---•◆•---

Déjeuner
Endives à la grecque
Tagliatelles à la crème, aux ailes de poulet
Mousse au chocolat

ಎಲ

Dîner
Bouillon de poulet
Œufs mollets aux épinards frais
Compote de pommes et de poires

Produits	Prix au kg	Quantité	Francs	Euros
Épinards		1,2 kg	16,00 F	2,44 €
Œufs		12	12,50 F	1,91 €
Crème		20 cl	10,00 F	1,52 €
Poires/pommes		3 kg	10,00 F	1,52 €
Raisin		100 g	5,00 F	0,76 €
Citron		3	2,00 F	0,30 €
Pâtes fraîches		500 g	18,00 F	2,74 €
Endives		4	7,70 F	1,17 €
Ailes de poulet		16	14,30 F	2,18 €
Total			95,50 F	14,54 €

Prix relevés sur le marché de Lyon Saint-Antoine.

Commentaires

Vers 1850, un jardinier belge s'aperçut, alors qu'il s'employait à obtenir de la barbe de capucin, dans un souterrain près de Bruxelles, que des racines de chicorée à café, fortuitement recouvertes de terre par le plus grand des hasards, avaient donné des petites pommes allongées et serrées. C'est ainsi que naquit la chicorée de Bruxelles. Son procédé de production demeura assez longtemps secret, puis sa culture se répandit en Belgique. On ne sait pas exactement quand elle fit son apparition en France, mais elle prit son essor après la Première Guerre mondiale, d'abord dans le Nord, encouragée par les Belges, ensuite dans l'Ouest et en Bretagne. Dans le Pas-de-Calais, on l'appelle « chicon », en pays ch'timi, « trognon ».

On cultivait les **endives** selon la méthode traditionnelle, en plein air : on creusait des fossés dans lesquels on plantait les racines, puis on les recouvrait de terre, de bâches ou encore de tôle, on chauffait ces tunnels souvent à l'aide de calorifères *via* des galeries installées sur les côtés. Complètement à l'abri du soleil, les endives blanchissaient. Ce type de culture traditionnelle – le forçage – a pratiquement disparu. La culture hydroponique – les Français en sont les spécialistes – a pris le relais : la terre a été remplacée par de grands bacs emplis d'une solution nutritive, empilés dans l'obscurité totale d'immenses hangars.

À l'origine, l'endive était amère, on a aujourd'hui réussi à isoler génétiquement une variété douce. Mais si vous préférez l'endive amère, il vous suffit, si vous la cultivez, de la laisser verdir deux ou trois jours, son amertume ne fera que s'affirmer.

Quand vous l'achetez, choisissez-la ferme ; il faut que les feuilles soient bien imbriquées les unes dans les autres, qu'elles constituent un fuseau dur dans votre main. Les feuilles extérieures doivent être blanc ivoire.

※ Même si nous avons toujours des œufs d'avance, nous avons pris la précaution de les remplacer par d'autres, plus frais.

Les mille et un usages des **œufs** :

L'utilisation du blanc, du jaune ou des deux ensemble est, paraît-il, efficace comme masque de beauté, nourrissant ou astringent selon la qualité de la peau, revitalisant pour les cheveux, calmant pour les brûlures et les douleurs.

Contre un teint brouillé, chiffonné, barbouillé : une application sur le visage – 30 minutes environ – de mayonnaise à base de jaunes d'œufs et d'huile d'olive est, dit-on, souveraine.

Soigner une peau sèche ? Avec un jaune d'œuf battu additionné d'une cuillerée d'eau distillée et d'une autre de germe de blé, on obtient un masque nourrissant.

Purifier une peau grasse ? Un blanc d'œuf monté en neige dans lequel on a ajouté un jus de citron est un masque astringent.

Pour lisser un visage, effacer momentanément les rides, appliquer un blanc d'œuf fait pendant quelques heures office de lifting.

Pour revitaliser des cheveux secs et cassants : un mélange de jaunes d'œufs battus avec un peu de rhum et 1 cuillerée à soupe d'huile d'olive donne en 2 heures à vos cheveux éclat et souplesse.

Une voix rauque recouvre sa clarté grâce à un œuf extra-frais gobé.

L'éclat du neuf illumine votre paire de souliers caressés de blanc d'œuf. Des métaux frottés avec de la poudre de coquille d'œuf retrouvent éclat et fraîcheur, tout comme les cadres de bois doré sont ravivés une fois frottés avec du blanc d'œuf monté en neige.

Endives à la grecque

༶༷

Ingrédients

4 endives d'environ 100 g chacune
150 g de tomates fraîches
60 g de gros oignons blancs
1 cuillerée à soupe de coriandre en grains
20 cl de vin blanc sec
1 jus de citron jaune
1 petit bouquet garni
2 cuillerées à soupe d'huile d'olive
2 gousses d'ail
1 cuillerée à soupe de concentré de tomates
50 g de raisins secs (facultatif)
1 forte pincée de gros sel
poivre

Préparation

- Laver rapidement les endives à l'eau froide. Couper légèrement les trognons et enlever le cœur à l'aide d'un petit couteau.
- Ranger les endives entières dans une casserole, recouvrir d'eau froide. Porter à ébullition. Compter 15 minutes de cuisson à petits bouillottements. Égoutter dans une passoire.
- Plonger les tomates 30 secondes dans l'eau bouillante, puis dans un saladier d'eau froide. Les peler. Les couper en petits morceaux. Éplucher et émincer les oignons. Préparer le bouquet garni.
- Chauffer l'huile d'olive dans une petite casserole, puis ajouter les oignons émincés, laisser fondre doucement 6 à 7 minutes avec une pincée de sel. Verser le vin blanc. Faire un peu réduire. Compléter avec les tomates coupées en morceaux et le concentré de tomates, la coriandre, le bouquet garni, le jus de citron,

l'ail, les raisins, le sel et le poivre. Cuire 5 bonnes minutes à bon feu, puis ajouter les endives égouttées. Compter encore 20 minutes de cuisson à petits bouillons. Sonder les endives avec la pointe d'un couteau, pour s'assurer de leur cuisson. Laisser refroidir.

- *Nota :* à consommer tel quel ou en accompagnement d'un poisson, d'une viande blanche, d'une volaille. Peut également se manger chaud, mais c'est meilleur froid. Peut être préparé à l'avance, se garde plusieurs jours au réfrigérateur.

Variante
Remplacer les endives par des salsifis.

Tagliatelles à la crème, aux ailes de poulet

Ingrédients

500 g de tagliatelles fraîches

16 pièces d'ailes de poulet

1 jus de citron jaune

20 cl de crème fraîche

1/2 cuillerée à café de fleur de thym

1 cuillerée à soupe de gros sel

1 litre de bouillon de volaille
(avec 1 cube du commerce)

sel, poivre

Préparation

- Faire mariner une nuit les ailes de poulet dans un petit plat, avec le jus du citron, la fleur de thym, le sel et le poivre.
- Préparer 1 litre de bouillon.

- Dans une petite casserole, prélever 20 cl de bouillon, faire réduire de moitié. Ajouter la crème fraîche, laisser bouillotter 5 à 6 minutes.
- Dans le reste du bouillon (à réserver pour le potage du soir), cuire les ailerons de volaille 15 minutes environ.
- Porter à ébullition dans un grand faitout de l'eau additionnée de gros sel, plonger les pâtes, compter 5 à 6 minutes de cuisson.
- Égoutter les ailerons, ôter les petits os de chaque aile, couper celles-ci en 3 morceaux. Réunir les ailerons et la sauce. Égoutter les pâtes sans les rafraîchir, les remettre dans le faitout avec les ailerons et la crème. Mélanger.
- Servir très chaud.

Mousse au chocolat

Ingrédients

160 g de chocolat à croquer et non pas à cuire
(55 à 70 % de cacao)

3 œufs extra-frais

60 g de beurre en pommade

150 g (15 cl) de crème fraîche liquide

90 g de sucre semoule

Préparation

- Casser le chocolat en petits morceaux, les déposer dans une casserole avec 4 cuillerées à soupe d'eau. Faire fondre au bain-marie très lentement.
- Séparer les blancs des jaunes d'œufs. Ajouter au chocolat le beurre en pommade, puis les jaunes. Mélanger. Laisser refroidir et épaissir jusqu'à consistance d'une pommade, mais ne surtout pas mettre au réfrigérateur.

- Battre la crème en chantilly. Ajouter la moitié du sucre.
- Monter les blancs en neige en incorporant, à la fin de l'opération, l'autre moitié du sucre.
- Mélanger chocolat et chantilly d'abord, puis incorporer les blancs d'œufs.
- Mettre au frais. Décorer avec des copeaux de chocolat (à prélever sur une tablette avec un économe).

Bouillon de poulet

Ingrédients

800 g de bouillon de poulet
16 tranches de baguette grillées
sel, poivre

Préparation

- Couper 16 tranches de baguette de 5 mm d'épaisseur. Allumer le gril.
- Dans une casserole, chauffer le bouillon de poulet réservé après la cuisson des ailerons. Rectifier l'assaisonnement si nécessaire.
- Faire griller le pain sur les deux faces. Débarrasser sur une assiette.
- Servir bien chaud en soupière, avec les tranches de pain grillées.

Variante

Ajouter au bouillon un bol de fromage râpé et quelques cuillerées de lait chaud.

Œufs mollets aux épinards frais

༜

Ingrédients

8 œufs très frais

900 g d'épinards frais,
soit 700 g une fois équeutés

2 cuillerées à soupe de beurre

150 g (15 cl) de crème épaisse

1 poire

1 gousse d'ail

1 pincée de noix muscade râpée

1 cuillerée à soupe de gros sel

sel, poivre

Préparation

Pour les œufs

- Porter à ébullition 1 litre d'eau. Dès le démarrage de l'ébullition, ajouter le gros sel et plonger délicatement les œufs à l'aide d'une écumoire afin d'éviter qu'ils se fendent. Compter 6 minutes. Les sortir aussitôt. Les maintenir dans de l'eau tiède s'ils doivent être consommés rapidement, dans de l'eau froide pour une consommation plus tardive. Dans les deux cas, les écaler sous un filet d'eau froide au moment de les utiliser.

Pour les épinards

- Les équeuter, les laver dans plusieurs eaux et les égoutter. Dans une grande casserole, réunir 1 cuillerée à soupe de beurre et les épinards entiers. Les laisser fondre à plein feu en remuant avec une cuiller en bois. Assaisonner avec le sel, le poivre et la noix muscade râpée.

- Ajouter la deuxième cuillerée à soupe de beurre, la gousse d'ail épluchée et coupée en deux. Laisser bouillir pour réduire le jus de végétation.
- Verser les épinards dans un plat creux. Introduire au milieu des tranches fines de poire crue. Maintenir dans le four préchauffé à 150 °C (thermostat 5).
- Poser les œufs écalés sur les épinards chauds. Napper chaque œuf de 1/2 cuillerée à soupe de crème fraîche. Ajouter une pincée de sel et un tour de moulin à poivre. Mettre le four sur la position «gril». Laisser fondre la crème 2 bonnes minutes et servir aussitôt.

Compote de pommes et de poires

Ingrédients

3 belles pommes fermes, croquantes et acidulées

3 belles poires juteuses

70 g de beurre

1 jus de citron jaune

70 g de sucre vanillé maison
(voir ci-dessous) ou 1 sachet

Préparation

- Éplucher les pommes et les poires, les couper en gros quartiers, les arroser avec le jus de citron pour éviter qu'elles noircissent.
- Faire fondre le beurre dans une casserole, ajouter les pommes et les poires et laisser cuire à feu doux 7 à 8 minutes. Compléter avec le sucre vanillé et laisser compoter en remuant fréquemment.
- Verser dans un compotier et servir tiède.

▪ *Nota :* pour faire chez soi du sucre vanillé, mettre dans une boîte hermétique une gousse de vanille fendue et 250 g de sucre cristallisé. Secouer – tous les deux jours au début de l'opération – jusqu'à ce que le parfum de la vanille imprègne le sucre.

Sur le marché de Versailles

---•❖•---

Déjeuner
Salade de mâche aux coquillages
Goujonnettes de merlan, persil frit
Œufs au lait à la vanille

∞

Dîner
Marmite de poissons du pêcheur provençal
pommes de terre sauce tartare
Crumble aux pommes

Produits	Prix au kg	Quantité	Francs	Euros
Merlans	24,00 F	845 g	20,30 F	3,09 €
Moules de bouchot	17,00 F	1/2 litre	8,50 F	1,30 €
Crevettes	120,00 F	135 g	16,20 F	2,47 €
Coques	26,00 F	205 g	5,35 F	0,82 €
Citron		2	2,00 F	0,30 €
Citron	offert	1	0,00 F	0,00 €
Persil	offert		0,00 F	0,00 €
Rougets	48,00 F	345 g	16,55 F	2,52 €
Filets de grondin	58,00 F	190 g	11,00 F	1,68 €
Roussette	38,00 F	325 g	12,35 F	1,88 €
Parures de bar	offert		0,00 F	0,00 €
Mâche	17,00 F	300 g	5,00 F	0,76 €
Pommes de terre (Mona Lisa)	10,00 F	1 kg	5,00 F	0,76 €
Total			102,25 F	15,58 €

Prix relevés sur le marché de Versailles.

Commentaires

La **coque** possède deux coquilles épaisses et rondes, aux bords crénelés, de 3 à 4 cm de diamètre, striées de profondes nervures parallèles. Elle peut être jaune, blanche ou grise. À l'intérieur : une noisette de chair et un minuscule corail.

Elle est particulièrement appréciée en soupe ou en salade, car son goût est très iodé ; les amateurs préfèrent généralement le petit diamètre au gros. C'est actuellement un des coquillages les moins chers, au troisième rang de la production, derrière l'huître et la moule.

Les coques vivent en banc dans les terrains très sablonneux des côtes françaises. Aussi, avant de les cuire dans un bouillon, plongez-les impérativement dans une bassine d'eau salée – pour vous rapprocher de la densité saline de la mer, mettez dans l'eau un œuf cru et ajoutez du sel jusqu'à ce qu'il remonte. Elles vont alors filtrer l'eau et se purger complètement. Il vous sera ensuite agréable de les manger sans avoir du sable dans la bouche.

※ *Nous utilisons les œufs de notre saladier.*

Le **merlan** est sûrement le plus populaire des poissons, avec son corps allongé beige doré, ses flancs argentés et brillants, une des raisons pour lesquelles on l'appelle « merlan brillant ». Il est en général d'une qualité exceptionnelle. Mâchoire supérieure proéminente, mâchoire inférieure pourvue d'un barbillon, surtout quand il est petit, il porte quelquefois une tache noire à la base de la nageoire pectorale.

Un merlan pèse environ 250 g, mesure de 23 à 50 cm. L'hiver et l'automne sont les meilleures saisons pour le consommer.

Il doit avoir, comme tous les poissons frais, le corps rigide, brillant, l'abdomen ferme et surtout l'œil convexe. Si vous préférez des filets, sachez qu'ils représentent à peu près 30 % du poids total. Plutôt que de les acheter tout prêts, il est préférable de choisir un merlan de qualité et de demander au poissonnier de bien vouloir le fileter. Les filets auront une couleur nacrée.

L'absence d'écailles ne remet pas en cause la fraîcheur du poisson ; il est souvent pêché au chalut, en eaux profondes et fonds rocheux, dans les mers Celtique ou du Nord, dans la Manche, avec des espèces à peau rugueuse : la sienne est mise à mal, notamment dans les filets.

Le merlan n'aime pas le froid, il ne se conserve pas au réfrigérateur.

Si les coiffeurs sont parfois appelés « merlans », ils le doivent à leurs ancêtres perruquiers qui poudraient allègrement leurs clients comme on farine un merlan avant de le frire.

Salade de mâche aux coquillages

ⓒⓍⓄ

---- **Ingrédients** ----

1/2 litre de moules de bouchot

135 g de crevettes (12 pièces)

200 g de coques

300 g de mâche

10 cl de vin blanc sec

2 échalotes

1 cuillerée à café de moutarde

1 cuillerée à soupe de vinaigre de vin

2 cuillerées à soupe d'huile

1 jaune d'œuf

sel, poivre

Préparation

- Laver dans plusieurs eaux les moules, puis les coques. Les égoutter.
- Hacher l'échalote, la mettre dans une casserole assez large avec le vin blanc, porter à ébullition 3 minutes. Ajouter les moules, couvrir, laisser cuire encore 3 minutes. Remuer 2 fois avec une écumoire en cours de cuisson. Hors du feu, laisser reposer à couvert quelques minutes. Retirer les moules à l'aide de l'écumoire, les égoutter, les déposer dans un saladier.
- Remettre la cuisson sur le feu et cuire les coques à couvert, comme les moules. Les laisser reposer hors du feu, sans couvercle. Les égoutter à leur tour.
- Filtrer la cuisson à travers une passoire fine au-dessus d'un petit saladier. Laisser refroidir. Recouvrir d'un film alimentaire et réserver au réfrigérateur.
- Trier la mâche, la laver dans plusieurs eaux. Bien l'égoutter.
- Décoquiller les moules et les coques. Éplucher les queues de crevettes.
- Préparer la vinaigrette, dans un saladier, avec 1 cuillerée à café de moutarde forte, 1 cuillerée à soupe de vinaigre de vin, 2 cuillerées à soupe d'eau de cuisson des coquillages, 2 cuillerées à soupe d'huile, 1 jaune d'œuf, le sel et le poivre. Battre à l'aide d'un fouet pour lier. Rectifier l'assaisonnement. Ajouter les moules, les coques, les queues de crevettes. Mélanger.
- Sur 4 assiettes, dresser la mâche en bouquets, répartir harmonieusement le contenu du saladier de coquillages. Servir aussitôt.
- ***Nota :*** utiliser la cuisson réservée pour préparer la « Marmite de poissons du pêcheur provençal » du dîner.

Goujonnettes de merlan, persil frit

Ingrédients

850 g de filets de merlan
1 verre de lait
4 cuillerées à soupe de farine
1 belle botte de persil frisé
2 citrons jaunes
huile pour la friture
sel, poivre

Préparation

- Préchauffer le four à 120 °C (thermostat 4).
- Couper les filets de merlan légèrement en biais, en goujonnettes de 1 cm de large environ. Les immerger 15 minutes dans le lait. Les égoutter. Les sécher dans un torchon. Assaisonner de sel et de poivre.
- Équeuter le persil. Le laver, le sécher. Le plonger 1 minute dans un bain de friture à 160 °C environ. L'égoutter sur du papier absorbant. Saler légèrement.
- Fariner les goujonnettes et les secouer vigoureusement pour éliminer l'excédent.
- Mettre la moitié des goujonnettes dans le panier à friture. Les plonger dans l'huile chaude mais pas fumante. Les laisser dorer environ 2 minutes. Égoutter sur du papier absorbant. Tenir au chaud dans le four.
- Faire remonter la température de la friture. Plonger le reste du poisson.
- Servir brûlant. Répartir le persil frit sur les goujonnettes. Accompagner de moitiés de citron et d'un peu de sel.

Œufs au lait à la vanille

Ingrédients

4 œufs frais

50 cl de lait entier

90 g de sucre semoule

1/2 gousse de vanille fendue

Préparation

- Dans une casserole, porter à ébullition le lait avec la gousse de vanille fendue et grattée. Retirer du feu. Couvrir. Laisser infuser. Casser les œufs dans un saladier. Ajouter le sucre. Battre avec un fouet électrique ou à la main, pour obtenir un appareil homogène.
- Ôter la gousse de vanille du lait. Incorporer le lait aux œufs et au sucre. Mélanger. Remplir un plat à gratin de cette préparation.
- Poser le plat dans la lèchefrite tapissée de 4 épaisseurs de papier journal. Verser de l'eau dans la lèchefrite. Cuire 25 minutes environ au bain-marie, au four préchauffé à 160 °C (thermostat 5/6). Rajouter un verre d'eau froide après 15 minutes de cuisson.

Marmite de poissons du pêcheur provençal, pommes de terre sauce tartare

Ingrédients

190 g de filets de rougets grondins

325 g de roussette

1 gros rouget de 345 g environ, levé en filets

Parures de rouget, de bar ou autres poissons, offertes par le poissonnier

Cuisson des coquillages (réservée)

1 kg de pommes de terre (Mona Lisa)

1 bouquet garni

sel, poivre

Pour la sauce tartare

1 jaune d'œuf

10 cl d'huile d'olive

1/2 gousse d'ail

2 cuillerées à soupe de persil haché

1 cuillerée à soupe de vinaigre de vin

1 cuillerée à café de moutarde

sel, poivre

Préparation

- Pour la soupe de poissons, porter à ébullition 1,5 litre d'eau et les parures dans une casserole de bonne taille. Après 3 minutes de cuisson, écumer. Mettre le bouquet garni, 1 cuillerée à café de sel et un peu de poivre. Laisser bouillotter à petit feu et à

découvert 30 minutes environ. Filtrer ce bouillon de poissons au-dessus d'une casserole à travers une passoire fine.
- Éplucher les pommes de terre, les couper en rondelles de 1 cm d'épaisseur. Les laver, les égoutter. Les cuire environ 20 minutes dans la moitié du bouillon de poissons. Ajouter un peu de sel.
- Pour la sauce tartare, déposer le jaune d'œuf dans un bol, verser l'huile goutte à goutte d'abord, puis en mince filet, remuer à l'aide d'un fouet comme pour monter une mayonnaise, en incorporant le sel et le poivre, 1 cuillerée à soupe de vinaigre, la demi-gousse d'ail écrasée et hachée, 1 cuillerée à café de moutarde, 2 cuillerées à soupe de persil ciselé. Réserver à température ambiante.
- Détailler les poissons de façon à constituer 4 parts égales.
- Porter à ébullition l'autre moitié du bouillon additionnée de la cuisson des coquillages. À l'aide de l'écumoire, y plonger la roussette. Cuire 10 minutes à petit feu. Ajouter les filets de rougets grondins. Cuire encore 5 minutes.
- Verser l'excédent de la cuisson des pommes de terre dans la soupe. Porter à ébullition et servir en soupière, en même temps que les pommes de terre recouvertes des poissons pochés dans un plat creux, et la sauce tartare en saucière.

Nota : assiettes creuses et cuillers obligatoires.

Crumble aux pommes

Ingrédients

800 g de pommes fermes, croquantes et acidulées
100 g de sucre cristallisé
1 belle cuillerée à soupe de beurre
1 belle cuillerée à soupe de miel
1/2 citron jaune (pour le jus)
1/2 gousse de vanille (ou 1/2 sachet de sucre vanillé)
1 cuillerée à café de cannelle en poudre

Pour la pâte
70 g de farine
30 g de sucre glace
30 g de beurre
1 cuillerée à soupe de lait

Préparation

- Réunir dans un saladier la farine, le beurre, le sucre glace, les travailler du bout des doigts. Incorporer 1 cuillerée à soupe de lait froid pour obtenir une pâte un peu friable. Couvrir et réserver au réfrigérateur.
- Éplucher les pommes, les mettre dans un saladier d'eau froide citronnée, pour éviter qu'elles noircissent.
- Dans une casserole, faire fondre le beurre, ajouter la moitié des pommes coupées en quartiers, la demi-gousse de vanille fendue et bien grattée, la moitié de la cannelle. Couvrir et laisser compoter 10 minutes. Compléter avec le sucre et le miel. Maintenir la cuisson 10 minutes. Réserver.
- Préchauffer le four à 200 °C (thermostat 6/7).
- Couper les pommes restantes en petits dés de 1 cm de côté environ. Les étaler dans le fond d'un plat à gratin et mettre au four

15 minutes. Sans éteindre le four, retirer le plat et mélanger les dés de pommes avec la compote, après avoir retiré la gousse de vanille.
- Sortir la pâte du réfrigérateur, l'émietter grossièrement entre les doigts. En recouvrir les pommes, avec le reste de cannelle.
- Remettre le plat au four pour 35 minutes. Ouvrir la porte 3 ou 4 fois en cours de cuisson, pour que la vapeur s'échappe et que la pâte reste bien croustillante.
- Servir chaud ou tiède.
- *Nota :* on peut confectionner la pâte la veille.

Aux halles de Nîmes

Déjeuner
Couscous royal
Salade d'oranges à la grenadine

※

Dîner
Picholines
Cantal entre-deux
Poires, raisins, chocolat noir

Produits	Prix au kg	Quantité	Francs	Euros
Semoule			4,40 F	0,67 €
Courgettes	15,80 F	435 g	6,85 F	1,04 €
Pois chiches	15,00 F	270 g	4,05 F	0,62 €
Navets longs	7,80 F	370 g	2,90 F	0,44 €
Carottes	5,80 F	240 g (3)	1,40 F	0,21 €
Poivron rouge	5,80 F	1	2,32 F	0,35 €
1 paquet d'épices ou cumin en poudre			10,00 F	1,52 €
Agneau	68,00 F	454 g	30,87 F	4,71 €
Cuisses de poulet	24,90 F	782 g (2)	19,47 F	2,97 €
Merguez		4	12,00 F	1,83 €
Oranges	6,80 F	715 g (4)	6,20 F	0,95 €
Cantal entre-deux	69,90 F	910 g	50,05 F	7,63 €
Raisin	25,80 F	295 g	7,60 F	1,16 €
Pommes	13,80 F	615 g	8,50 F	1,30 €
Olives	48,00 F	465 g	23,30 F	3,55 €
Total			189,91 F	28,95 €

Prix relevés aux halles de Nîmes.

Commentaires

Le **couscous**, ou *t'âam*, est le plat traditionnel de l'Algérie, du Maroc et de la Tunisie. On sert des couscous aux légumes, à la viande – poulet et/ou mouton bien entendu –, depuis quelques années aux poissons et même sucrés, à la cannelle.

La base essentielle : la semoule de blé dur. Quelquefois on utilise de l'orge, du blé dur, mais le plus souvent de la semoule de blé dur. Cette semoule – à ne pas confondre avec celle obtenue à partir de riz ou de maïs (la polenta) – résulte de la mouture du blé dur. On débarrasse les graines de leurs impuretés, on les humidifie pour séparer plus facilement le cœur – où se trouve la semoule – des enveloppes – le son – selon un principe voisin de celui de l'élaboration de la farine. Sa valeur nutritive est à peu près identique à celle de la farine.

Appelée parfois la fausse Lucques, la **picholine** doit son nom à un mode de préparation. La couleur du fruit est vert franc jusqu'à la véraison, elle se teinte ensuite d'un joli rose vineux, qui se transforme en un violet foncé pour parvenir à un noir rougeâtre dès que le fruit est mûr. La taille de la picholine est plutôt moyenne, sa forme ovoïde nettement allongée. Elle offre une pulpe abondante et ferme. Elle se ramasse essentiellement verte, durant les mois d'octobre et novembre.

Le **cantal** fait partie des pâtes pressées non cuites, l'une des grandes familles du fromage. Autres membres de cette famille : le laguiole, l'ossau-iraty-brebis-Pyrénées, le salers, le reblochon, le morbier de Franche-Comté, la mimolette française, le chevrotin des Aravis, la tomme de Savoie et nombre de fromages fabriqués dans des abbayes, tels le saint-paulin, ancêtre des fromages monastiques et du Port-Salut...

Le cantal, ou fourme du Cantal, classé AOC le 23 février 1980, est au lait de vache. L'appellation d'origine contrôlée autorise les producteurs à fabriquer du cantal dans le département du Cantal et dans 41 communes des départements voisins (Aveyron, Corrèze, Haute-Loire et Puy-de-Dôme). Généralement, pour authentifier l'origine du cantal, on fixe une plaque d'aluminium sur le fromage lui-même, grand cylindre de 45 kg. Il existe aussi des formats réduits : le petit cantal d'environ 20 kg et le cantalet de 10 kg. Les jeunes fromages offrent une pâte tendre mais ferme. Quand ils vieillissent un peu, on les appelle des demi-durs.

Couscous royal

Ingrédients

450 g de collier et d'épaule d'agneau, coupés en 8 morceaux

2 belles cuisses de poulet (700 g environ), coupées en 8 morceaux

4 merguez

2 courgettes (400 g)

3 petits navets (240 g)

3 carottes (240 g)

270 g de pois chiches

1 petit poivron rouge

2 cuillerées à soupe d'huile d'olive

30 g de beurre + 2 cuillerées à soupe (pour la semoule)

1/2 cuillerée à café de cumin en poudre

1 branche de coriandre fraîche (facultatif)

250 g de semoule à couscous

1,5 litre de bouillon du commerce (ou d'eau)

sel fin, poivre

Préparation

- La veille, faire tremper – au minimum 12 heures – les pois chiches dans 2 litres d'eau froide.
- Le jour même, dans une casserole assez large, préparer 1,5 litre de bouillon du commerce. Couper le poivron rouge en deux, enlever les graines, les nervures blanches et la queue. Le débiter en lanières de 5 mm de large.
- Saler et poivrer la viande d'agneau et le poulet. Dans une cocotte, chauffer l'huile et les 30 g de beurre, déposer l'agneau. Laisser dorer 3 minutes sur chaque face. Ajouter le poulet et le poivron. Rissoler le tout 10 minutes. Verser la moitié du bouillon (75 cl), faire reprendre l'ébullition. Incorporer le cumin en poudre, un peu de sel et de poivre. Cuire à feu doux 1 heure 30.
- Égoutter les pois chiches, les mettre dans une casserole assez large, avec 4 fois leur volume d'eau et un peu de sel. Porter à ébullition. Compter 1 heure de cuisson.
- Éplucher les carottes et les navets. Les débiter, ainsi que les courgettes non pelées, en morceaux de 2 à 3 cm d'épaisseur. Les cuire 1 heure à petits bouillottements dans le reste du bouillon. Rectifier l'assaisonnement en sel et poivre.
- Préparer la semoule du commerce selon les instructions mentionnées sur l'emballage. Lorsqu'elle est prête, chauffer 2 belles cuillerées à soupe de beurre dans une poêle. Dès que le beurre « chante », verser la semoule, remuer avec une cuiller en bois, la graine doit se détacher parfaitement et prendre le bon goût du beurre. Maintenir au chaud avec un couvercle.
- Dans une petite poêle, cuire les merguez avec très peu d'huile, jusqu'à ce qu'elles soient dorées et croustillantes.

Dressage

- Présenter la semoule au centre d'un large plat creux. Disposer autour les pois chiches égouttés, l'agneau et le poulet, les merguez et quelques légumes.
- Dans une soupière, servir le bouillon bien chaud et les légumes restant.

Variantes

Rajouter les feuilles de coriandre fraîche au bouillon de légumes juste avant de l'apporter sur la table. Assaisonner, selon son goût, avec de l'harissa... sans exagération, au risque de se priver de toutes les subtilités de la préparation.

Salade d'oranges à la grenadine

Ingrédients

4 oranges à peau fine et sans pépins
150 g de sucre cristallisé + 2 cuillerées à soupe
40 cl d'eau
3 cuillerées à soupe de grenadine

Préparation

- À l'aide d'un économe, prélever en rubans la peau d'une orange. Couper chaque ruban en fins filaments. Dans une casserole, les recouvrir d'eau froide. Porter à ébullition. Rincer à l'eau fraîche dans une passoire. Remettre les zestes dans la casserole, ajouter 2 cuillerées à soupe de sucre, 1/2 verre d'eau et laisser confire 15 minutes à petit feu. Réserver.
- Peler les oranges à vif. Couper chaque fruit en 6 belles tranches, les ranger dans un plat côte à côte.
- Dans une casserole, porter lentement à ébullition l'eau, le sucre et la grenadine. Maintenir 3 minutes de bouillottements, puis verser le sirop bouillant sur les fruits. Répartir les zestes confits, laisser refroidir, couvrir et mettre au réfrigérateur.

Variantes

Ajouter après refroidissement 2 cuillerées à soupe de Grand Marnier, rhum ou cognac.

Picholines

- La préparation familiale « à la picholine » est simple.
- Confectionner une pâte en mélangeant de l'eau et un volume de cendre de bois tamisée égal à celui des olives à traiter.
- Couvrir les olives avec cette pâte. Remuer avec une grosse cuiller en bois 2 ou 3 fois par jour.
- Lorsque la pulpe se détache facilement du noyau, lorsque la peau devient jaune, retirer les olives et les rincer. Baigner les olives dans l'eau claire, changée tous les jours, pendant 10 jours. Les recouvrir de saumure.
- Pour préparer la saumure, mélanger 1 litre d'eau et 100 g de sel. Maintenir l'ébullition 5 minutes. Ajouter laurier, graines de coriandre, fenouil, romarin, écorces d'orange. Laisser refroidir avant de vider sur les olives à conserver.

Sur le marché de Boulogne

Déjeuner
Bœuf bourguignon
Purée de céleri-rave
Petits pots à la vanille et au caramel

ତ୍ତ

Dîner
Hachis Parmentier
Salade frisée
Tarte au citron

Produits	Prix au kg	Quantité	Francs	Euros
Joue de bœuf	39,95 F	1,350 kg	54,00 F	8,23 €
Queue de bœuf	39,95 F	0,615 kg	24,50 F	3,73 €
Œufs		12	12 F	1,83 €
Céleri-rave (avec branche)		1/2	5,00 F	0,76 €
Pommes de terre	3,80 F	1,145 kg	4,35 F	0,66 €
Citrons	offerts	2	0,00 F	0,00 €
Poitrine	72,00 F	100 g	7,20 F	1,10 €
Frisée		1	11,70 F	1,78 €
Total			118,75 F	18,09 €

Prix relevés sur le marché de Boulogne.

Commentaires

Le **bœuf bourguignon** fait partie de ces grands classiques des viandes à braiser qui, avec les viandes à bouillir, sont de type demi-gras ou gélatineux, c'est-à-dire des viandes de deuxième catégorie, considérées comme des viandes bon marché, et qui doivent l'être car elles proviennent de l'avant de l'animal. Choisissez ces morceaux sur une bête plus toute jeune, une génisse de 3 ans ou un bœuf d'une quarantaine de mois, la viande aura du goût, parce que la bête aura vécu. Vérifiez également que la viande est bien fraîche, car les morceaux à bouillir et à braiser n'ont pas besoin de rassir, comme les morceaux à griller ou à rôtir.

Quand vous cuisinez ces morceaux à bouillir ou à braiser, pensez à toujours acheter un peu plus que la quantité dont vous avez besoin, en sachant que les morceaux piécés pèsent en général 70 à 90 g chacun. Là où deux morceaux suffisent, prenez-en trois ou demandez à votre boucher de vous donner un peu de queue de bœuf. Les restes de viande bouillie ou braisée permettent souvent de confectionner une autre recette. Dans le cas présent, vous vous en servirez le soir pour le hachis Parmentier. Une occasion de faire des économies.

Préparez les morceaux à braiser ou à bouillir la veille, il est plus facile de les dégraisser, après les avoir laissés une nuit dans le réfrigérateur, sur le balcon ou le rebord de la fenêtre. Vous enlèverez aisément avec une écumoire ou une cuiller en bois la couche de graisse qui s'est formée en surface.

⊗ *La frisée se marie harmonieusement avec le hachis Parmentier. La choisir plutôt grosse, verte et blanche, de façon à la partager en deux, en vue de la réalisation du menu du lendemain.*

Le **céleri** est un très vieux légume. Céleri-rave et céleri en branche ont le même ancêtre, l'ache.

Le céleri-rave se récolte en automne. Choisissez des boules rondes, homogènes, fermes, lourdes et d'une forme relativement régulière car plus faciles à éplucher, de préférence avec un toupet dressé de feuilles courtes et vert foncé. En hiver, le céleri-rave a souvent deux peaux, peut-être pour se protéger, d'où la nécessité de le peler deux fois, afin d'éviter un excès fréquent d'âcreté. Entier, le céleri-rave se conserve plusieurs semaines dans tous les lieux frais (cave, balcon, bac à légumes du réfrigérateur). Entamé, il est préférable de le consommer rapidement car il s'oxyde et vieillit très vite ; il n'aime pas la mise en boîte, mais en purée il adore la surgélation.

> *Vous avez mal à la gorge, la voix voilée ?*
> *Faites infuser 50 g de céleri-rave frais*
> *dans un mélange d'eau et de lait. Buvez.*
> *Miraculeusement, votre voix s'éclaircira et*
> *toutes les toxines stockées dans votre organisme*
> *seront immédiatement éliminées grâce à la stimulante*
> *et bienfaisante action diurétique du céleri.*

Bœuf bourguignon

Ingrédients

1 kg de paleron ou de joue de bœuf
100 g de lard maigre demi-sel
2 cuillerées à soupe de beurre
3 cuillerées à soupe d'huile d'olive
10 petits oignons grelots
1 belle échalote
2 gousses d'ail
1 carotte
1 oignon blanc
1/2 branche de céleri
1 cuillerée à soupe rase de concentré de tomate
1 rasade de cognac
1 bouquet garni
75 cl de vin rouge (tanique)
50 cl de bouillon du commerce
50 g de beurre
40 g de farine
sel, poivre

Préparation

- Faire couper le bœuf par le boucher en morceaux de 40 à 50 g environ.
- La veille, assaisonner légèrement la viande de sel et de poivre, la déposer dans un saladier. Ajouter, préalablement hachés au mixeur, carotte, oignon, céleri, échalote. Recouvrir avec le vin et 1 cuillerée à soupe d'huile d'olive. Laisser mariner à couvert tel quel, au réfrigérateur, toute une nuit.

- Le lendemain, égoutter.
- Une heure avant de cuire le bourguignon, couper le lard en petits dés. Les mettre dans une casserole d'eau froide, porter sur le feu et compter 1 minute d'ébullition, égoutter. Éplucher les petits oignons.
- Chauffer dans une cocotte 2 cuillerées à soupe d'huile d'olive et le beurre. Faire dorer 7 à 8 minutes les lardons et les petits oignons. Les retirer avec une écumoire. Réserver sur une assiette.
- Les remplacer par la viande. La laisser dorer environ 10 minutes jusqu'à évaporation complète du jus. À feu vif, flamber avec le cognac, puis verser le vin de la marinade. Laisser réduire de moitié. Ajouter le bouillon et les légumes de la marinade, les gousses d'ail, le concentré de tomate, le bouquet garni.
- Cuire environ 1 heure 15, jusqu'à ce que la viande soit tendre. Ajouter les petits oignons et les lardons. Égoutter l'ensemble dans une passoire au-dessus d'un récipient.
- Remettre la cuisson à bouillir, faire un peu réduire. Incorporer le beurre avec la farine et lier la sauce. Compter 1 minute d'ébullition.
- Remettre le contenu de la passoire dans la sauce ainsi liée. Le bourguignon est prêt.
- Servir tel quel, avec des pommes de terre à l'anglaise, de la purée de céleri-rave, des pâtes, des carottes...
- *Nota :* on peut tenir le bourguignon au chaud un moment, voire le réchauffer s'il est fait à l'avance.

Purée de céleri-rave

Ingrédients

1 boule de céleri-rave
de 600 g environ

2 belles pommes de terre,
soit 200 g environ

150 g (15 cl) de crème fraîche

1 cuillerée à café de sel fin
+ 1 pincée

Préparation

- Éplucher la boule de céleri. La débiter en gros morceaux d'environ 2 à 3 cm. Les cuire environ 20 à 25 minutes à la vapeur (la purée est meilleure quand le céleri ne trempe pas dans l'eau).
- Peler les pommes de terre, les couper en quartiers et les cuire dans 50 cl d'eau additionnée d'une cuillerée à café de sel, comme pour une purée de pommes de terre.
- Mélanger pommes de terre et céleri, les passer au moulin à légumes (grille fine).
- Faire bouillir la crème, l'ajouter à la purée. Rectifier l'assaisonnement en sel.
- *Nota :* ne pas mettre de beurre qui alourdirait la purée.

Petits pots à la vanille et au caramel

Ingrédients

35 cl de lait
1/2 gousse de vanille fendue et grattée
3 jaunes d'œufs
(utiliser les blancs pour un prochain dessert,
meringues par exemple)
1 œuf entier
40 g de sucre semoule
1 cuillerée à soupe d'eau froide

Pour le caramel
100 g de sucre
2 cuillerées à soupe d'eau
1 cuillerée de beurre

Préparation

- Pour le caramel, cuire doucement le sucre et l'eau dans une petite poêle. Le sucre va d'abord jaunir, puis s'épaissir pour prendre une belle couleur caramel. Ajouter le beurre, pour interrompre la cuisson, et remuer doucement en faisant tourner la poêle. Verser le caramel dans les petits pots (ou dans un moule à soufflé). Laisser refroidir.
- Porter le lait à ébullition avec la demi-gousse de vanille fendue et grattée. Maintenir au chaud.
- Dans un saladier, réunir les jaunes et l'œuf entier avec 1 cuillerée à soupe d'eau froide. Incorporer lentement le sucre. Bien mélanger au fouet, jusqu'à ce que l'ensemble blanchisse. Verser le lait bouillant. Mélanger encore.

- Remplir les petits pots (ou le moule à soufflé), les installer dans un plat à gratin contenant de l'eau tiède.
- Les cuire environ 25 minutes au four préchauffé à 160 °C (thermostat 5/6). Surveiller attentivement l'eau du plat, elle ne doit pas bouillir. Ajouter si nécessaire de l'eau froide pour faire baisser la température. Laisser refroidir.

Hachis Parmentier

Ingrédients

1 queue de bœuf (600 g)

1/2 joue de bœuf (300 g)

3 oignons

1 kg de pommes de terre

1/2 botte de persil plat

1 verre de lait

3 cuillerées à soupe de beurre

1 bouquet garni

2 clous de girofle

1 cuillerée à soupe de gros sel

Restes de bœuf bourguignon

sel, poivre

Préparation

- Déposer la queue et la demi-joue de bœuf dans une casserole haute. Les recouvrir d'eau froide. Porter à ébullition.
- Quand l'eau bout, écumer soigneusement. Ajouter 1 oignon épluché et piqué des clous de girofle, le bouquet garni, le gros sel. Laisser cuire à petits bouillottements. Après 10 minutes, verser 1/2 verre d'eau froide pour faire remonter la graisse à la sur-

face. À la reprise de l'ébullition, écumer. Compter encore 1 heure de cuisson. Sortir la viande. Réserver.
- Peler les pommes de terre, les couper en gros quartiers et les faire cuire, bien recouvertes d'eau salée.
- Éplucher et émincer les 2 oignons. Les faire fondre doucement dans une casserole avec 1 belle cuillerée à soupe de beurre.
- Hacher la joue de bœuf cuite, prélever la viande de la queue. Compléter avec la viande du bourguignon coupée en petits morceaux. Incorporer aux oignons ce hachis et le persil haché grossièrement. Faire rissoler 5 minutes, puis verser 1 verre de bouillon. Laisser réduire.
- Passer les pommes de terre au moulin à légumes, ajouter 2 cuillerées à soupe de beurre. Bien remuer avec une spatule en bois. Verser le lait bouillant. Mélanger la purée.
- Préchauffer le four à 180 °C (thermostat 6).
- Étaler la moitié de la purée dans un plat à gratin, recouvrir avec le hachis, puis le reste de purée.
- Mettre au four 25 à 30 minutes.

Suggestions

Servir d'abord le bouillon de cuisson des viandes bien chaud, puis le hachis Parmentier avec une salade verte.

Nota : ce plat peut se préparer à l'avance. Le réserver au réfrigérateur, le ramener à température de la pièce 1 heure avant de le passer au four. Compter alors 45 minutes au lieu de 30.

Pâte sablée

Ingrédients

200 g de farine
100 g de beurre
1 œuf
50 g de sucre semoule
1 pincée de sel fin
1 cuillerée à café de sucre vanillé
(vanille naturelle de préférence)

Préparation

- Travailler le beurre en pommade.
- Dans un saladier, verser la farine en fontaine. Mettre le beurre au centre, avec le sel, le sucre vanillé et le sucre semoule. Mélanger rapidement du bout des doigts. Ajouter l'œuf et travailler encore, tout aussi rapidement.
- Faire une boule avec la pâte obtenue, la fariner légèrement pour bien la rassembler. L'envelopper dans un linge ou un film alimentaire. La laisser reposer 1 heure dans le bac à légumes du réfrigérateur.
- ***Nota :*** les pâtes à tarte sablées sont très fragiles et délicates à étaler. Il est préférable de choisir des moules de dimension moyenne. Si la pâte se troue, « coller une rustine » comme sur une chambre à air de vélo.

Tarte au citron

Ingrédients

250 g de pâte sablée (voir recette ci-contre)
3 œufs
70 g de beurre + 1 belle noix (pour le moule)
2 beaux citrons jaunes

Préparation

- Préchauffer le four à 220 °C (thermostat 7).
- Étaler la pâte, la déposer dans un moule beurré. Piquer le fond avec une fourchette, recouvrir de papier sulfurisé et de légumes secs (haricots ou lentilles). Mettre au four 15 minutes.
- Sortir la tarte, la débarrasser des légumes secs et du papier sulfurisé.
- Prélever avec un économe les rubans de zeste des 2 citrons préalablement rincés sous l'eau et séchés dans un torchon. Les passer au mixeur ou les hacher finement.
- Dans une casserole, les recouvrir d'eau froide, porter à ébullition.
- Vider l'eau, garder les zestes dans la casserole. Ajouter 1 cuillerée à soupe de sucre, recouvrir avec un peu d'eau et laisser cuire à petit feu, jusqu'à ce que les zestes soient confits et brillants.
- Dans une petite casserole, à l'aide d'un fouet, travailler le beurre en pommade, le reste du sucre et les œufs.
- Lorsque l'appareil est lisse, ajouter le jus pressé des 2 citrons. Mettre la casserole au bain-marie et cuire 20 minutes en remuant régulièrement.
- Égoutter les zestes de citron et les ajouter au contenu de la casserole. Verser sur le fond de tarte et mettre au four 15 minutes.
- Servir froid.

Sur le marché de Nîmes Jean-Jaurès

Déjeuner
Salade de roquette et laitue maraîchère
Poulet en croûte de pain
Compote de poires au sirop vanillé

∞

Dîner
Gratin de macaronis au poulet
Fontainebleau à la crème fouettée

Produits	Prix au kg	Quantité	Francs	Euros
Poulet fermier	46,00 F	1,5 kg	70,00 F	10,67 €
Sauge, sarriette	offertes		0,00 F	0,00 €
Roquette	6,00 F pièce	1	6,00 F	0,91 €
Laitue	16,00 F	160 g	2,55 F	0,39 €
Fenouil	21,00 F	85 g	1,80 F	0,27 €
Blettes	11,00 F	55 g	0,60 F	0,09 €
Poires	9,80 F	700 g	6,85 F	1,04 €
Faisselles	5,00 F pièce	2	10,00 F	1,52 €
Total			97,80 F	14,89 €

Prix relevés sur le marché de Nîmes Jean-Jaurès.

Commentaires

À propos du **poulet**, souvenez-vous qu'il fait partie de la famille des Gallinacés, comme les cailles, dindons, pintades, faisans et autres oiseaux sauvages. Le poulet est le fils du coq et de la poule, mais avant d'être poulet, il est poussin.

Il y a bien longtemps, on désignait le poulet par sa race : *bourbonnaise, coucou de Rennes, cou-nu du Forez, gauloise dorée*. C'était la règle.

À l'achat, vérifiez que la peau est très souple, presque lisse, d'un beau blanc bleuté, le bréchet souple lui aussi, les pattes brillantes avec des écailles fines. Si vous remarquez sous les pattes le coussin un peu usé, c'est bon signe : le poulet a vu l'extérieur, couru en liberté ; les cuisses sont grosses et rondes, le cou fort, la chair du dos et de la poitrine élastique, il présente toujours une petite couche de graisse apparente, jaune très pâle. Méfiez-vous des poulets entiers à la chair flasque, à la peau terne, granuleuse, voire suintante ; évitez surtout les poulets dont les masses de graisse irrégulières, formées en boules, sont éparpillées sur le corps.

Quand vous achetez un poulet prédécoupé – pour faire des économies – vérifiez que la découpe a été effectuée il y a peu. Sinon le poulet, vite défraîchi, ne se conservera pas, dégagera peut-être une légère odeur, et sa couleur irisée tournera rapidement au vert. Méfiance. Surtout, c'est la règle d'or, le poulet doit être bien sec, ne pas coller aux doigts.

Il est vrai qu'il n'est pas facile de s'y retrouver entre les poulets standard, les différents labels, les certifiés, les appellations d'origine contrôlée et les marques ; sans parler des variétés souvent mises en avant, telles que « poulet de ferme » ou autres appellations régionales plus ou moins liées à une zone géographique.

Lisez attentivement les étiquettes. Choisissez le sujet dont la date limite de consommation – elle est obligatoire – est la plus éloignée de la date d'achat.

Plus longtemps le poulet aura grandi, meilleur il sera. S'il est élevé en totale liberté, lentement, au grain, il sera bon.

Ne conservez jamais un poulet non vidé plus de 24 heures dans le réfrigérateur. Après avoir retiré l'emballage d'origine et vidé la volaille – à supposer que cela n'ait pas été fait, puisque c'est maintenant la mode de les proposer éviscérées – enveloppez-la dans un linge.

Pour la **croûte**, demandez à votre boulanger, en vue de l'élaboration d'une recette personnelle, d'avoir la gentillesse de vous donner – le plus souvent il vous la vendra, à bas prix il est vrai – un peu de sa pâte à pain de campagne, pain de son ou pain de seigle.

On raconte que c'est Marco Polo, de retour du Cathay, qui aurait introduit les **pâtes** en Italie, en rapportant des pâtes chinoises à la farine de riz. Une légende fortement remise en question par des archives attestant que les Italiens mangeaient déjà des pâtes au XIIe siècle. On sait également que les Étrusques, les Grecs et les Arabes connaissaient les pâtes. En France, elles sont apparues au XVIe siècle, grâce à Catherine de Médicis, mais à l'époque, les Alsaciens consommaient déjà des nouilles allemandes, venues en voisines. Leur industrialisation date seulement du XIXe siècle.

Les pâtes alimentaires sont préparées avec de la semoule de blé dur mélangée à de l'eau. L'ensemble est pétri à froid, sans aucune fermentation, la pâte est ensuite étirée, coupée, moulée ou estampée en une infinité de formes.

Avant d'acheter vos pâtes sèches, vérifiez que l'emballage porte la mention « pâtes alimentaires de qualité supérieure », qui vous garantit pour leur élaboration l'utilisation de semoule de blé dur de qualité supérieure, qui leur donne une meilleure tenue à la cuisson que les semoules courantes.

Reconnaître le nec plus ultra demande un coup d'œil aiguisé : une pâte exceptionnelle présente de petites aspérités, signes d'un moulage traditionnel, qui lui permettent de mieux absorber l'eau lors de la cuisson.

Évitez les pâtes trop sombres, tirant même sur le rouge, signe d'un séchage à très haute température, moins intéressant sur le plan gustatif qu'un séchage lent et traditionnel.

Les pâtes aux œufs – 3,5 ou 7 œufs au kilo – représentent 20 % du marché, les plus riches étant traditionnellement les pâtes alsaciennes. Outre leur goût différent et leur meilleure qualité nutritive, il faut savoir que les pâtes aux œufs se tiennent mieux à la cuisson et pardonnent plus volontiers quelques secondes de trop. Préférez les pâtes aux œufs frais, ou acceptez qu'elles soient préparées avec des œufs déshydratés.

Poulet en croûte de pain
(recette de Didier Clément, « Le Lion d'or », à Romorantin)

Ingrédients

1 beau poulet de 1,5 kg environ

1 kg de pâte à pain de campagne
(achetée chez le boulanger)

1 belle carotte

1 fenouil

2 branches de blettes

1 gousse d'ail

1 feuille de laurier, de la sauge, de la sarriette

sel, poivre

Préparation

- Saler et poivrer l'intérieur et l'extérieur du poulet. Le farcir d'une feuille de laurier, de sauge et de sarriette, de la gousse d'ail écrasée, non épluchée.
- Peler la carotte, nettoyer le blanc et le vert des blettes, ainsi que

le fenouil. Les couper en petits dés très fins (ou les passer au mixeur).
- Abaisser la pâte à pain sur 1 cm d'épaisseur. Mettre les légumes au centre. Poser le poulet dessus, le dos en l'air. Rabattre la pâte pour enfermer le tout hermétiquement. Laisser gonfler la pâte pendant 1 heure.
- Préchauffer le four à 220 °C (thermostat 7).
- Cuire le poulet 1 heure 15, sur une plaque à pâtisserie, en prenant soin de mettre un récipient rempli d'eau dans le bas du four.
- Sortir la boule de pain dorée et croustillante, la laisser reposer 1 heure à température de la pièce.
- La présenter sur la table. Avec un couteau-scie, découper une calotte large et circulaire pour laisser apparaître le poulet. Servir avec des petits bouts de pain taillés dans la croûte, imbibés du jus de cuisson.

Compote de poires au sirop vanillé

Ingrédients

4 poires juteuses
200 g de sucre cristallisé
1/2 verre de vin blanc sec
1/2 gousse vanille (ou 1 sachet de sucre vanillé)

Préparation

- Éplucher les poires, les couper en 8 morceaux.
- Dans une casserole, porter à ébullition 50 cl d'eau, le sucre, la demi-gousse de vanille. Plonger les quartiers de poires. Laisser frémir 15 minutes.
- Déposer dans un saladier et laisser refroidir.

- Prélever la moitié des poires. Les passer au mixeur ou au moulin à légumes (grille fine). Ajouter le vin blanc à la purée obtenue. Verser cette préparation sur les poires dans le saladier. Mélanger avec le sirop en remuant délicatement.
- Servir frais.

Gratin de macaronis au poulet

Ingrédients

350 g de macaronis
(pâtes sèches du commerce), soit 700 g cuits

75 cl de lait

30 g de beurre

30 g de farine

120 g de fromage râpé

100 g ou plus de poulet (les restes du déjeuner)

1 pointe de couteau de noix muscade râpée

1 cuillerée à soupe de gros sel

1 cuillerée à soupe d'huile (pour le plat)

2 cuillerées à soupe de chapelure

sel, poivre

Préparation

- Dans une casserole, faire fondre le beurre, ajouter la farine, lier avec un fouet. Cuire 10 minutes doucement. Hors du feu, verser le lait. Fouetter, saler, poivrer, muscader. Laisser cuire à petit feu 10 minutes. Rectifier l'assaisonnement.
- Porter à ébullition 2 litres d'eau et 1 cuillerée à soupe de gros sel dans un faitout. Cuire les pâtes 7 minutes. Les égoutter dans une passoire.

- Couper le poulet en petits morceaux.
- Dans un saladier, réunir les pâtes, le poulet, la sauce et la moitié du fromage râpé. Mélanger.
- Bien enduire d'huile le fond et les parois d'un plat à gratin, tapisser de chapelure. Déposer la préparation, répartir le reste du fromage râpé en surface.
- Mettre 20 minutes au four préchauffé à 180 °C (thermostat 6). Le dessus doit être gratiné et doré, l'intérieur moelleux.
- Servir bien chaud.
- *Nota :* proportions données pour un plat de 30 cm de longueur, 20 cm de largeur et 4 cm de hauteur.

Variante

Remplacer le poulet par du jambon.

Fontainebleau à la crème fouettée

Ingrédients

500 g de fromage blanc frais à 40 % de m.g.
200 g (20 cl) de crème fraîche liquide
50 g de sucre glace
1/2 sachet de sucre vanillé

Préparation

- Préparer le fontainebleau à l'avance, il doit égoutter pendant au moins 4 heures.
- Fouetter la crème – elle doit être très froide et liquide (si nécessaire l'allonger avec un peu de lait). Incorporer le sucre glace et le sucre vanillé, puis mélanger délicatement avec le fromage blanc.

- Tapisser une passoire avec un linge humide ou une mousseline, y déposer la préparation. Lisser le dessus avec une cuiller pour faire une assise bien plate. Placer la passoire sur un saladier et laisser égoutter au réfrigérateur plusieurs heures.
- Au moment de servir, retourner le fontainebleau sur un plat.

Variante

Réduire de moitié le sucre glace incorporé à la crème Chantilly et servir le fontainebleau avec du miel ou de la confiture.

Sur le marché de Grenoble

---•❖•---

Déjeuner
Jambonneau de porc aux lentilles
Beignets aux pommes

ღჯ

Dîner
Rognons de porc à la persillade,
salade verte
Saint-marcellin
Semoule de riz aux raisins

Produits	Prix au kg	Quantité	Francs	Euros
Jambonneaux	45,00 F	1,250 kg (2)	56,00 F	8,54 €
Rognons de porc	38,80 F	4	24,00 F	3,66 €
Carotte	offerte	1	0,00 F	0,00 €
Oignon	6,50 F	120 g	0,80 F	0,12 €
Salade verte	25,00 F	255 g	6,40 F	0,98 €
Lentilles	32,00 F	256 g	8,00 F	1,22 €
Pommes Canada grises	5,70 F	735 g (6)	4,20 F	0,64 €
Saint-marcellin		2	2,00 F	0,30 €
Total			101,40 F	15,46 €

Prix relevés sur le marché de Grenoble.

Commentaires

Les **jambonneaux** avant sont moins onéreux, mais ils manquent de chair, sont généralement un peu plus gras, ont davantage de couenne, de parties croquantes et gélatineuses que souvent les enfants n'aiment pas beaucoup. Il est préférable d'utiliser les jambonneaux arrière, beaucoup plus viandeux, la différence de prix n'est pas énorme.

⊗ Nous utiliserons des œufs restant au saladier pour confectionner la pâte à beignets.

Les plus anciennes traces de **lentilles** datent des temps préhistoriques, soit environ 7 000 ans ! Elles étaient répandues dans les pays du pourtour méditerranéen. Des lentilles très proches de celles que nous connaissons ont été découvertes en Turquie, datant d'environ 5500 ans av. J.-C., ainsi que dans des tombes de l'Ancienne Égypte, 2200 ans av. J.-C. En Gaule, puis en France, les lentilles forment l'une des bases de l'alimentation paysanne. Après des siècles de discrétion, elles ont été remises à l'honneur par la femme de Louis XV, Marie Leszczynska.

Il existe quatre variétés de lentilles : les lentilles rouges ou brunes, petits grains bombés, sont peu répandues. Elles sont un peu cultivées en Champagne sous le nom de « lentillon ». Les lentilles blondes, de grande taille, assez plates, à peau épaisse, n'ont pas un intérêt gustatif très évident. Les lentilles roses ou corail sont importées d'Afrique du Nord, elles sont toujours vendues décortiquées et cuisent donc très rapidement ; faciles à digérer, elles ont cependant peu de goût. Les lentilles vertes sont des petits grains assez ronds de couleur vert bleuté sombre, plus ou moins marbrés, avec une peau fine, digeste. C'est la seule variété cultivée en France. Elles sont à mon goût les plus fines et les meilleures. Lors de l'achat, il faut faire attention aux cailloux et vérifier qu'elles sont de calibre identique, condition d'une cuisson homogène. On les trouve partout, en sachet, en cartonnette, en conserve ou en vrac chez les épiciers. Il faut compter 50 à 60 g de lentilles par personne.

La lentille verte ne doit pas cuire plus de 25 minutes pour garder tout son croquant. Trop cuite, elle perd de son charme et elle rappelle alors les cantines et le service militaire. Pour l'agrémenter : un oignon, piqué d'un ou deux clous de girofle, une carotte, un petit bouquet garni, rien de plus.

Bien égouttée, la lentille se garde trois jours au réfrigérateur, sans rien perdre de sa saveur et en conservant l'essentiel de sa valeur nutritive. Elle se congèle très bien à condition de la sous-cuire (10 minutes au lieu de 25).

Les **rognons** de porc ont parfois mauvaise réputation… quand ils ne sont pas frais. Si vous avez un très bon tripier, si vous connaissez bien votre charcutier, demandez-lui de les préparer, de les couper en deux, de prélever le petit filament intérieur, quelquefois responsable d'un goût un peu désagréable d'urine.

Ne vous privez pas de rognons de porc, régalez-vous, leur qualité peut rivaliser avec celle des rognons d'agneau.

Jambonneau de porc aux lentilles

Ingrédients

2 jambonneaux demi-sel de 500 g chacun

1 belle carotte

1 gros oignon jaune

1 bouquet garni
(1 branche de thym, 1 feuille de laurier, quelques queues de persil)

1 gousse d'ail

1 belle cuillerée à soupe de persil plat ciselé

300 g de lentilles vertes du Puy

50 g de beurre

1 belle cuillerée à soupe de saindoux

1,5 litre de bouillon de poule (ou de bœuf)

sel, poivre

Préparation

- Faire dessaler les jambonneaux 4 heures dans l'eau claire.
- Préparer le bouillon.
- Peler l'oignon et la carotte, les couper en rondelles de 1 cm environ. Les laisser mijoter dans une cocotte avec le saindoux et la moitié du beurre 10 minutes à feu doux, à couvert.
- Ajouter l'ail épluché et écrasé. Bien remuer avec la cuiller en bois pour les laisser s'imprégner des arômes. Verser le bouillon et y plonger les jambonneaux. Porter doucement à ébullition.
- Écumer si nécessaire. Compléter avec le bouquet garni, le sel et le poivre. Cuire à feu doux 1 heure 40, voire 2 heures, cocotte couverte aux trois quarts. Après une 1 heure 30, ajouter les lentilles. Les laisser cuire pendant 25 minutes.

- Retirer le bouquet garni, déposer les jambonneaux coupés en deux sur un plat de service maintenu chaud.
- Ajouter le reste du beurre aux lentilles, les parsemer de persil simple grossièrement coupé avec les ciseaux.

Variante

Les jambonneaux sont savoureux un peu rôtis. Après 1 heure 40 de cuisson, les passer 15 minutes au four préchauffé à 180 °C (thermostat 6) et les réunir aux lentilles 10 minutes avant de servir.

Beignets aux pommes

Ingrédients

3 belles pommes fermes, croquantes et acidulées

100 g de sucre cristallisé

Zeste de 1 citron jaune

1/2 verre à liqueur de calvados, kirsch ou armagnac (facultatif)

Pour la pâte à beignets
2 gros œufs (ou 3 œufs moyens)

70 g de farine

3/4 d'un sachet de levure

1 cuillerée à soupe d'huile

1 pincée de sel

Pour le bain de friture
1 litre d'huile d'arachide

Pour poudrer les beignets cuits
2 à 3 cuillerées à soupe de sucre glace

Préparation

- Dans un saladier, battre les œufs en omelette. Incorporer la farine en plusieurs fois, puis le sel, la levure et l'huile. Bien travailler la pâte. Laisser reposer à température de la pièce pendant au moins 2 heures.
- À l'aide d'un vide-pomme, enlever la queue, le cœur et les pépins. Réaliser l'opération en deux temps, d'abord du côté de la queue, puis de l'autre côté, pour éviter de faire éclater la chair. Peler les pommes avec un économe, les couper perpendiculairement au trognon en rondelles de 1 cm d'épaisseur, pour obtenir environ 6 à 7 tranches par fruit.
- Ranger les tranches ainsi obtenues dans un plat creux et saupoudrer de sucre.
- Avec un économe, prélever quelques rubans de zeste sur le citron, les hacher finement, les recouvrir d'eau dans une petite casserole. Porter à ébullition 3 minutes. Les égoutter dans une passoire fine et les rafraîchir sous l'eau quelques instants.
- Répartir le zeste haché sur les rondelles de pommes. Arroser avec 1/2 verre de calvados, kirsch ou armagnac. Couvrir et laisser macérer au frais au moins 2 heures.
- Préchauffer le four à 120 °C (thermostat 3).
- Chauffer l'huile pour la friture.
- Égoutter les rondelles de pommes, les ranger sur une assiette. Avec une fourchette, les tremper dans la pâte, bien les enrober, les saisir dans la friture 1 minute 30 sur chaque face.
- Égoutter les beignets dorés sur du papier absorbant, les tenir au chaud, sur un plat, dans le four. Répéter l'opération jusqu'à épuisement des pommes.
- Poudrer les beignets de sucre glace sur les deux faces et les servir aussitôt.
- *Nota :* garder le jus de macération, couvert, au réfrigérateur ; il peut agrémenter une compote ou être utilisé pour tremper des biscuits.

Rognons de porc à la persillade, salade verte

Ingrédients

600 g de rognons de porc bien clairs
2 gousses d'ail
2 cuillerées à soupe de persil plat
1 cuillerée à soupe d'huile
3 cuillerées à soupe de beurre
1 cuillerée à soupe de vinaigre de vin
salade verte
sel, poivre

Préparation

- Faire parer les rognons par le tripier.
- Hacher finement l'ail et le persil.
- Saler et poivrer les demi-rognons sur les 2 faces.
- Chauffer dans une poêle en Téflon l'huile et 1 cuillerée de beurre. Saisir les rognons 2 bonnes minutes sur une face. Les retourner avec une fourchette. Poursuivre la cuisson encore 3 minutes sur l'autre face. Débarrasser sur une assiette creuse. Couvrir pour garder au chaud.
- Ôter le gras de cuisson de la poêle, verser le vinaigre pour décoller les sucs de cuisson, ajouter 2 cuillerées de beurre. Bien laisser mousser.
- Incorporer la persillade. Remettre les rognons à cuire 1 minute à feu doux.
- Servir aussitôt avec une salade en vinaigrette.

Semoule de riz aux raisins

Ingrédients

100 g de semoule de riz

40 cl de lait

50 g de sucre semoule

1 sachet de sucre vanillé

30 g de raisins secs

2 cuillerées à soupe de rhum
(ou d'eau-de-vie de fruits)

Préparation

- Dans un bol, faire macérer les raisins avec le rhum.
- Dans une casserole, porter à ébullition le lait, le sucre et le sucre vanillé. Verser en pluie la semoule de riz. Remuer avec une cuiller en bois. Cuire 10 minutes.
- Après 5 minutes de cuisson, ajouter les raisins et le rhum.
- Choisir un moule ou un petit saladier. Passer l'intérieur sous l'eau fraîche, retourner pour éliminer l'eau, ne pas essuyer.
- Remplir avec la semoule aux raisins. Laisser refroidir.
- Démouler le gâteau sur le plat de service.

Variante

Napper le gâteau avec de la gelée de groseilles détendue de quelques cuillerées d'eau.

Sur le marché de Lyon Croix-Rousse

———•◆•———

Déjeuner
Poireaux vinaigrette
Maquereaux en meurette, pommes de terre vapeur
Crêpes au sucre

ೞ

Dîner
Cœur de veau braisé aux carottes
Clémentines

Produits	Prix au kg	Quantité	Francs	Euros
Poireaux		3 gros	12,00 F	1,83 €
Maquereaux		1,4 kg (2)	35,00 F	5,34 €
Oignon		1	1,20 F	0,18 €
Pommes de terre Roseval		800 g	8,00 F	1,22 €
Champignons de Paris		125 g	4,60 F	0,70 €
Carottes		1 kg	5,00 F	0,76 €
Cœur de veau		1,2 kg	32,00 F	4,88 €
Clémentines		4	2,00 F	0,30 €
Total			99,80 F	15,21 €

Prix relevés sur le marché de Lyon Croix-Rousse.

Commentaires

Caractéristiques du **poireau** : peu calorique, riche en minéraux variés, vitamines et oligo-éléments, en quantité beaucoup plus importantes dans le vert que dans le blanc. Il faut toujours, quand on fait cuire des poireaux, conserver un petit peu de vert.

À l'achat, vérifiez que les racines adhèrent bien au fût – la partie blanche – et ont encore un peu de terre à leur extrémité, ce qui prouve qu'elles n'ont pas été lavées ou peu, cela facilitera la conservation. Sachez que la coloration vert bleu des feuilles est d'autant plus accentuée que le froid précédant le ramassage a été vif. N'achetez pas des fûts jaunâtres, ternes, fripés, ridés, avec des racines desséchées, cassantes, vous seriez déçus.

Le **maquereau** est un des plus beaux poissons comestibles du monde, sans conteste le plus beau des mers du Nord, reconnaissable à ses flancs argentés et irisés, et à son dos traversé de lignes sombres, vertes ou bleues, plus ou moins obliques et parallèles.

Achetez des maquereaux de l'Atlantique, n'hésitez pas à consulter l'étiquette, à demander confirmation, car le maquereau de Méditerranée, qu'on appelle également avec un peu de mépris l'« Espagnol », a des taches rondes, bleuâtres, gris bleu sur le ventre ; il appartient à la même famille, mais ce n'est pas le même maquereau.

Rigide, recourbé, luisant, le ventre irisé bleu blanc, les ouïes bien rouges, les yeux vifs, le maquereau s'invite à votre table. Quand il est un peu ramolli, avachi, terne, avec des cercles rouges, des espèces de lunettes, autour des yeux, préférez-lui un autre poisson.

On appelle lisette un jeune maquereau de 10 à 15 cm de long, pas davantage. Il ne s'agit pas d'une variété différente, il est lisette avant de devenir maquereau adulte. Originaire du nord de la Bretagne, il abonde en juillet et août.

Pour la recette proposée, choisissez de préférence des gros maquereaux – 700 à 800 g pièce, jusqu'à 50 cm de long – gras et bien moelleux.

Le maquereau est enfantin à nettoyer et vider. Pour le cas, tout à fait exceptionnel, où votre poissonnier ne voudrait pas ou n'aurait pas le temps de le faire, ne vous laissez pas rebuter par la tâche. Il n'est pas nécessaire de l'écailler ni de le laver sous l'eau. Essuyez-le avec du papier absorbant, il garde ainsi tout son limon. Pour le vider, introduisez un doigt dans l'orifice des ouïes et tirez, l'intérieur vient tout seul. Le poisson n'a pas été ouvert, ses chairs tiendront mieux à la cuisson.

Les **abats** sont regroupés en deux catégories : abats rouges et abats blancs. Mais cette distinction – qui s'applique indifféremment au bœuf, au veau, à l'agneau et au porc – n'a rien à voir avec la couleur proprement dite, elle permet simplement de différencier les abats vendus tels quels – abats rouges – de ceux – abats blancs – qui doivent subir une préparation à l'abattoir ou chez le tripier.

Au nombre des abats rouges : foie, rognons, cœur, rate, poumons (ou mou), langue, cervelle, ris, testicules (animelles ou encore rognons blancs), ainsi que les joues, celles-ci étant, comme l'onglet et la hampe, un des morceaux typiques de tripier.

Les abats blancs sont en général échaudés, blanchis ou précuits : intestins, estomac, pieds, mamelles, oreilles, tête. Ils sont souvent conservés dans l'eau fraîche, alors que les abats rouges préfèrent de loin le réfrigérateur.

Les abats s'achètent généralement chez le tripier, l'homme de l'art, mais certains bouchers vendent ce qu'il est convenu d'appeler les « abats nobles », exclusivement rognons et foie de veau, puisque les ris sont maintenant interdits à la consommation. Une règle absolue : choisissez des abats extrêmement frais, vous les conserverez ainsi plus facilement. On peut les congeler, mais le résultat est un peu décevant.

Poireaux vinaigrette

◊◊

―― **Ingrédients** ――

1 kg de poireaux (4 gros ou 8 petits)
soit 700 g une fois cuits

120 g de vinaigrette à la moutarde :

1 cuillerée à café de moutarde

5 cuillerées à soupe d'huile

2 cuillerées à soupe de vinaigre

sel, poivre

Préparation

- Éplucher les poireaux en ne gardant que le blanc et les feuilles vert clair. (Utiliser la partie la plus verte ultérieurement pour un potage.) Les couper en deux dans le sens de la longueur. Effectuer une toilette très « intime » en les lavant dans plusieurs eaux.
- Les ficeler en deux bottillons et les faire cuire 20 minutes à l'eau bouillante salée ou mieux à la cocotte-minute. Réserver l'eau de cuisson pour un potage ou des pâtes.
- Les égoutter soigneusement. Retirer les ficelles.
- Préparer une vinaigrette bien émulsionnée et en napper les poireaux tièdes.

Maquereaux en meurette, pommes de terre vapeur

Ingrédients

1,4 kg de maquereaux (2 beaux ou 3 moyens)
125 g de champignons de Paris
800 g de pommes de terre Roseval
50 g de beurre
sel, poivre

Pour la sauce
50 cl de vin rouge
2 échalotes
1 bouquet garni
(1 brindille de thym, 1 feuille de laurier, queues de persil)
1 cuillerée à soupe de farine
100 g de beurre
sel, poivre

Préparation

- Demander au poissonnier de débiter les maquereaux en tronçons de 5 à 6 cm.
- Laisser ramollir à l'avance 20 g de beurre à température de la pièce. Couper en morceaux et maintenir au réfrigérateur les 80 g restant.
- Mettre dans une casserole les échalotes pelées et finement hachées, le bouquet garni et le vin rouge. Porter à ébullition et laisser réduire de moitié.
- Mélanger intimement le beurre assoupli et la farine.
- Lorsque le vin est réduit, le filtrer à la passoire fine et le porter à ébullition une seconde fois.
- Dans un bol, délayer l'appareil farine/beurre avec une première cuillerée à soupe de vin, puis une autre. Lorsque le mélange est

onctueux, le verser dans le vin rouge en ébullition et laisser mijoter extrêmement doucement jusqu'à ce que cette sauce épaississe. Incorporer alors les morceaux de beurre du réfrigérateur et battre énergiquement avec un fouet. Assaisonner de sel et de poivre. Réserver au chaud.

- Laver et couper en 4 ou 6, selon la taille, les champignons de Paris. Bien les faire dorer dans une poêle antiadhésive avec 20 g de beurre. Réserver sur une assiette. Ajouter les 30 g de beurre restant, faire revenir les tronçons de maquereaux pendant 5 à 6 minutes. Poivrer. Déposer chaque morceau dans la sauce meurette, ainsi que les champignons. Laisser mijoter quelques instants pour bien imprégner l'ensemble du vin rouge.
- Servir avec les pommes de terre cuites à la vapeur et des tranches de baguette grillées.

Crêpes au sucre

Ingrédients

350 g de farine

90 g de beurre

30 g de sucre semoule

75 cl de lait

2 cuillerées à soupe de rhum

6 œufs extra frais

Huile et beurre fondu pour graisser la poêle

1 pincée de sel

Préparation

- Dans une casserole, réunir la moitié du lait, le beurre coupé en petits morceaux et le sucre. Porter à feu doux jusqu'à la fonte du beurre.

- Dans un saladier ou le bol du batteur électrique, mélanger doucement la farine, les œufs et le sel. Incorporer lentement le lait froid, puis le lait tiède avec le beurre fondu et le sucre, enfin l'alcool. Mélanger et laisser reposer une bonne heure à température de la pièce.
- Faire chauffer la poêle et la badigeonner à l'aide d'un pinceau ou d'un chiffon trempé dans le mélange huile/beurre fondu.
- Verser une louche de pâte, remuer la poêle afin d'en couvrir le fond. Veiller à ce que l'épaisseur soit la plus fine possible. Cuire 30 secondes d'un côté. Retourner la crêpe à l'aide d'une spatule de cuisine, ou la faire sauter si l'exercice ne présente pas trop de risques.
- Beurrer la poêle toutes les 3 crêpes.
- Empiler les crêpes sur une assiette.
- Pour réussir les crêpes, la pâte doit être légèrement épaisse, mais pas trop. Si nécessaire, la détendre en ajoutant un peu de lait.

Variante

Les crêpes se mangent saupoudrées de sucre ou tartinées de confiture. Elles peuvent être fourrées de crème pâtissière, arrosées de Grand Marnier, agrémentées de zestes d'orange, garnies de fruits, de crème Chantilly ou de miel.

Cœur de veau braisé aux carottes

Ingrédients

1 cœur de veau d'environ 1,2 kg

1 kg de carottes

1 gros oignon

1 gousse d'ail

1 bouquet garni
(1 branche de thym, 1 feuille de laurier, quelques queues de persil)

1 verre de vin blanc sec

50 cl de bouillon du commerce (bœuf ou volaille)

1 cuillerée à soupe d'huile

2 cuillerées à soupe de beurre

1 morceau de sucre (ou 1 cuillerée à café)

sel, poivre

Préparation

- Peler l'oignon, l'émincer grossièrement. Chauffer dans une cocotte l'huile et le beurre. Faire dorer le cœur de veau sur toutes les faces. Ajouter l'oignon et le sucre, couvrir la cocotte, laisser mijoter 5 bonnes minutes. Verser le vin blanc, laisser réduire 3 minutes.
- Ajouter le bouillon, un peu de sel et de poivre, le bouquet garni et l'ail, ainsi que les carottes épluchées coupées en rondelles.
- Couvrir et laisser mijoter environ 2 heures à petit feu.
- Couper le cœur en tranches et le servir entouré des carottes et d'un peu de jus.

Sur le marché d'Annecy

---·◆·---

Déjeuner
Saumon frais
Chou vert en embeurrée
Gâteau au chocolat

∞

Dîner
Soufflé au crabe
Charlotte aux pommes

Produits	Prix au kg	Quantité	Francs	Euros
Tourteau	41,80 F	450 g	18,81 F	2,87 €
Pavé de saumon	41,00 F	900 g	36,90 F	5,63 €
Œufs	1 F pièce	9	9,00 F	1,37 €
Chou (1/2)	10,00 F	1 kg	10,00 F	1,52 €
Lait demi-écrémé		1 litre	5,95 F	0,91 €
Pot de crème		20 cl	8,55 F	1,30 €
Pommes (Belle de Boskop)		1,5 kg	10,00 F	1,52 €
Total			99,21 F	15,12 €

Prix relevés sur le marché d'Annecy.

Commentaires

Le **soufflé** est une préparation salée ou sucrée, servie chaude, dont on dit qu'*« elle n'attend pas mais qu'on l'attend »*. Elle est présentée à table, immédiatement à la sortie du four, encore très gonflée, quand elle commence à déborder du moule dans lequel elle a cuit.

Ce moule de cuisson est généralement cylindrique pour que l'appareil chauffe sur toute la surface inférieure et monte régulièrement.

☒ Pour réussir les soufflés, il faut en général beurrer une première fois le fond et les parois du moule, le mettre au réfrigérateur, pour que le beurre durcisse, renouveler l'opération, remettre au réfrigérateur. Ne pas hésiter à procéder de même une troisième fois, cela permet au soufflé de monter sans difficulté.

Crustacé de la famille des Cancridés, le **tourteau** est appelé familièrement crabe dormeur, clos-point ou chancre. Il est habillé d'une carapace épaisse, ovoïde, plus large que longue, lisse et brune, dont la face interne est de couleur blanc crème, et il est équipé de deux pinces puissantes lui permettant de creuser les fonds pour trouver sa nourriture et déchiqueter ses proies. Pour grandir, le tourteau est obligé de muer, sa carapace ne s'étire pas, aussi s'en débarrasse-t-il et en fabrique-t-il une nouvelle, plus grande. Chez les jeunes sujets, cette opération a lieu plusieurs fois par an. Quand le tourteau vieillit, cette frénésie se ralentit.

Riche en protéines, pauvre en lipides, le tourteau est une source non négligeable de minéraux et oligo-éléments.

Vivant, il a un œil vif, ses pattes gigotent dès qu'on le soulève. Il doit être présenté sur l'étal posé sur un frison humide, jamais sur la glace. Mort, il s'altère très vite et dégage rapidement une odeur nauséabonde.

Le tourteau s'achète vivant ou cuit, c'est une règle d'or. Car ce crabe très fragile ne se conserve pas, ou seulement quelques heures après la cuisson. Certains poissonniers le cuisent vivant – comme il se doit – dans un court-bouillon dont ils ont le secret ; d'autres le plongent, fatigué ou mort, dans de l'eau bouillante. À vous de trouver celui à qui faire confiance. Il ne s'altérera pas si, cuit le matin, vous le consommez le soir. Au-delà, danger !

On trouve dans le commerce du crabe du Chili congelé ainsi que du crabe d'Alaska et de Russie appertisé. Il faut lire attentivement l'étiquette pour apprécier la proportion de pattes et de chair.

Madame Tourteau est souvent plus lourde que son mari, plus fine de goût, plus riche en chair et en corail, en septembre surtout et pendant les marées d'équinoxe. Monsieur a des pinces plus grosses. C'est affaire de goût !

Qu'il soit servi froid, tiède, chaud, entier, décortiqué, en salade, en gratin, farci ou en soufflé, le tourteau doit toujours être cuit dans un court-bouillon bien corsé. À ébullition, plongez-le délicatement – il est sensible – dans le faitout à l'aide d'une écumoire et laissez frémir 10 minutes par kilo. Après avoir supprimé la source de chaleur, ajouter un verre d'eau froide, pour stopper la cuisson. Laissez refroidir le tourteau dans le court-bouillon.

Saumon frais, chou vert en embeurrée

Ingrédients

4 escalopes de saumon frais
d'environ 120 à 130 g chacune

1 chou vert, dit de Milan,
de 1 kg environ

1 carotte

150 g (15 cl) de crème fraîche liquide

1 belle cuillerée de beurre frais

2 cuillerées à soupe d'huile

sel fin, gros sel

Préparation

- Faire découper par le poissonnier des escalopes de saumon frais, sans peau.
- Éplucher le chou en ôtant les feuilles les plus vertes. Le couper en quatre. Le laver soigneusement.
- Porter à ébullition un grand faitout d'eau additionnée d'une cuillerée à café de gros sel par litre. Maintenir le chou à ébullition 5 bonnes minutes. L'égoutter et le plonger dans l'eau froide 10 minutes. L'égoutter à nouveau. Le presser soigneusement pour exprimer toute l'eau.
- Émincer le chou en lanières d'environ 1 cm de large. Faire chauffer la cuillerée de beurre dans une cocotte, y ajouter la carotte épluchée, coupée en petits morceaux et le chou. Remuer pour qu'ils s'imprègnent de beurre. Laisser étuver, à couvert, 5 à 6 minutes, puis incorporer la crème fraîche. Mélanger, couvrir et laisser cuire 15 minutes à petit feu. Assaisonner d'un peu de sel, mais surtout pas de poivre qui développerait l'âcreté du chou.

- Saler les escalopes de saumon. Les ranger sur le chou, couvrir, cuire encore 10 minutes environ.
- Servir aussitôt. La crème du chou sert de sauce.
- Pourquoi ne pas arroser le saumon d'une rasade de vinaigre de vin ?

Variante

Préparer le chou à l'avance et cuire 10 à 15 minutes au four préchauffé à 160 °C (thermostat 5/6) les escalopes de saumon, dans un plat en terre, avec 2 cuillerées d'huile.

Gâteau fondant et moelleux au chocolat

Ingrédients

3 œufs frais

150 g de chocolat dessert

150 g de sucre semoule

150 g de beurre en pommade

30 g de farine

Préparation

- Le beurre doit être en pommade et les œufs à température ambiante. Les sortir en temps voulu du réfrigérateur.
- Préchauffer le four à 160 °C (thermostat 5).
- Laisser fondre doucement dans une casserole au bain-marie le chocolat cassé en petits morceaux dans 1 cuillerée à soupe d'eau.
- Séparer les jaunes des blancs d'œufs.
- Fouetter ensemble les jaunes, l'eau et le sucre (en réserver 2 cuillerées à soupe pour les blancs). Le mélange doit blanchir et augmenter de volume.

- Faire fondre 10 g de beurre. À l'aide d'un pinceau, en enduire tout le moule. Si celui-ci n'est pas antiadhésif, recouvrir le fond de papier sulfurisé.
- Incorporer au chocolat fondu le beurre en pommade. Remuer doucement avec une cuiller en bois jusqu'à obtention d'un appareil homogène. Le verser sur le mélange œufs/sucre.
- Battre les blancs en neige avec, vers la fin, les 2 cuillerées à soupe de sucre réservé. Réunir dans un saladier, en les soulevant délicatement, les blancs et la préparation au chocolat. Ajouter aussitôt la farine en pluie.
- Remplir le moule. Cuire au four 35 minutes environ. Le dessus du gâteau va se craqueler un peu, c'est normal.
- Laisser tiédir. Attendre 30 minutes avant de le retourner sur un plat de service. Décorer le pourtour du gâteau avec un voile de sucre glace, saupoudré à travers une passoire fine.
- Ne pas mettre au réfrigérateur.

Nota : utiliser un moule rond, genre génoise, de 21 à 22 cm de diamètre et 4 ou 5 cm de hauteur, éventuellement une feuille de papier sulfurisé pour en couvrir le fond.

Soufflé au crabe

Ingrédients

1 tourteau frais de 450 g

80 g de beurre

2 cuillerées à soupe de beurre très mou
(pour le moule)

80 g de farine

5 œufs frais

350 g de lait (35 cl)

2 cuillerées à soupe de gros sel

sel, poivre

Préparation

- Dans une casserole, porter l'eau et le gros sel à ébullition. Plonger le crabe à l'aide d'une écumoire. Compter 10 minutes de cuisson à petits bouillons.
- Laisser tiédir hors du feu. Égoutter.
- Décortiquer un crabe demande de la patience, justifiée compte tenu de l'excellence de son goût.
- Casser les pattes avec un marteau, par petits coups secs, pour ne pas écraser la chair. Réserver le corail crémeux qui se trouve à l'intérieur de la carapace.
- Bien vérifier au toucher que les chairs sont dépourvues d'éclats de cartilage, généralement dangereux et douloureux pour les gencives.
- Réunir la chair du tourteau, le corail crémeux et le beurre mou. Beurrer au pinceau un moule à soufflé. Le mettre au réfrigérateur. Recommencer l'opération dès que le beurre est figé.
- Faire fondre le beurre dans une casserole à fond épais. Ajouter la farine, lier au fouet. Laisser cuire 10 minutes en remuant régulièrement. Le roux doit se présenter comme un ruban lisse, sans grumeaux.
- Hors du feu, verser le lait froid, sans cesser de remuer. Saler et poivrer.
- Porter à ébullition, la béchamel doit être très épaisse.
- Hors du feu, ajouter un à un les jaunes d'œufs. Bien mélanger. Couvrir avec une assiette afin que la préparation ne croûte pas.
- Préchauffer le four à 200 °C (thermostat 6/7).
- Monter les blancs d'œufs en neige avec une pincée de sel. Incorporer la béchamel, délicatement pour ne pas casser les blancs. Remplir la moitié du moule avec ce mélange. Répartir la chair de crabe et le corail crémeux. Compléter avec le reste de la préparation.
- Mettre au four. Après 10 minutes, réduire la chaleur à 180 °C (thermostat 6). Prolonger la cuisson encore 10 minutes.
- Servir aussitôt à la cuiller, sur des assiettes chaudes.

Charlotte aux pommes

Ingrédients

12 pommes (environ 1,5 kg de Belle de Boskop)
100 g de sucre semoule
1 sachet de sucre vanillé
20 g de cannelle en poudre
1 noix de beurre

Préparation

- Pour le caramel, cuire doucement le sucre et 2 cuillerées à soupe d'eau dans une petite poêle. Le sucre va d'abord jaunir, puis s'épaissir pour prendre une belle couleur. Ajouter le beurre, pour interrompre la cuisson, et remuer doucement en faisant tourner la poêle. Chemiser un moule à charlotte avec le caramel, en veillant à ce qu'il nappe le fond et les parois.
- Éplucher et épépiner les pommes, les couper en 2 dans le sens de la hauteur. Les débiter en tranches de 2 mm d'épaisseur.
- En garnir le fond du moule à charlotte en formant une belle rosace. Superposer les couches de pommes jusqu'en haut, en saupoudrant de sucre vanillé et de cannelle en poudre toutes les trois à quatre couches. Bien tasser les pommes, presser fortement, elles vont réduire à la cuisson.
- Cuire au bain-marie 1 heure, sur feu moyen.
- Préchauffer le four à 160 °C (thermostat 5/6).
- Mettre dans le four le moule maintenu au bain-marie et prolonger la cuisson 1 heure.
- Démouler la charlotte encore tiède sur un plat. Laisser reposer 2 heures au réfrigérateur avant de servir.
- *Nota :* on peut servir la charlotte nature ou avec une crème anglaise (recette p. 137).

Sur le marché d'Uzès

Déjeuner
Petits choux farcis
Bugnes, roussettes ou merveilles

❧

Dîner
Gnocchis gratinés à la parisienne
Mendiant de fruits secs

Produits	Prix au kg	Quantité	Francs	Euros
Chou		1	10,00 F	1,52 €
Chair à saucisse	45,90 F	390 g	17,90 F	2,73 €
Crépine	offerte		0,00 F	0,00 €
Œufs		6	7,00 F	1,07 €
Fromage râpé	84,16 F	240 g	20,20 F	3,08 €
Beurre	62,00 F	135 g	8,35 F	1,27 €
Pot de miel		1	20,00 F	3,05 €
Pruneaux	36,00 F	95 g	3,40 F	0,52 €
Raisins secs	30,00 F	100 g	3,00 F	0,46 €
Figues séchées	42,00 F	95 g	4,00 F	0,61 €
Abricots séchés	50,00 F	125 g	6,25 F	0,95 €
Total			100,10 F	15,26 €

Prix relevés sur le marché d'Uzès.

Commentaires

Il existe en gros deux catégories de **choux** : le chou cabus, pommé, avec des feuilles lisses, vertes ou rouges, et le chou de Milan, caractéristique de l'automne et de l'hiver, également pommé, mais frisé, avec un feuillage vert cloqué, une pomme assez ferme, entourée d'une couronne très exubérante.

Pour ce type de végétal à trognon, il est souvent bon de vérifier qu'il a été coupé récemment, que sa base est fraîche et qu'elle ne comporte pas de traces de vers.

Pour tous les légumes faisant partie de l'immense famille des Crucifères, vous seriez bien inspirés de les blanchir avec une pincée de bicarbonate de soude, vous éviterez les flatulences désagréables.

Nous utilisons les 3 pommes Canada restantes.

Petits choux farcis

Ingrédients

1 chou de Milan de 1 kg
300 g de chair à saucisse crue
150 g de crépine de porc
2 cuillerées à soupe de persil
1 gousse d'ail
1 échalote
2 cuillerées à soupe d'huile
1 cuillerée à soupe de concentré de tomates
1 cuillerée de beurre
4 cuillerées à soupe de vin blanc
1 pointe de bicarbonate de soude
30 g de gros sel, poivre

Préparation

- Éplucher le chou feuille à feuille.
- Dans un grand faitout, porter à ébullition 3 litres d'eau additionnée de gros sel et d'une pointe de bicarbonate de soude. Cuire le chou 6 à 7 minutes.
- Remplir l'évier d'eau froide, y déposer les feuilles de chou blanchies à l'aide d'une écumoire. Les égoutter. Enlever les plus grosses côtes.
- Hacher l'ail, le persil et l'échalote. Les incorporer à la chair à saucisse. Saler, poivrer, mélanger.
- Faire 4 parts de la crépine étalée sur la table. Sur chaque lambeau de crépine, alterner en couches successives 2 feuilles de chou et un peu de farce. Refermer la crépine en lui donnant la forme d'une grosse orange.
- Dans une cocotte, chauffer l'huile et le beurre. Ranger les choux, côté fermeture en dessous. Les laisser dorer 6 à 7 minutes, à couvert, à feu doux, sans les retourner.
- À l'aide d'une écumoire, les sortir, les déposer dans un plat à gratin.
- Dans la cocotte, faire réduire le vin blanc 3 minutes, puis ajouter 1/2 verre d'eau et le concentré de tomates. Laisser reprendre l'ébullition et mitonner quelques minutes à petit feu.
- Verser le jus de la cocotte sur les choux. Les mettre au four préchauffé à 180 °C (thermostat 6) pendant 35 à 40 minutes. Après 15 minutes de cuisson, les couvrir d'une feuille d'aluminium. Ne pas oublier de les arroser à l'aide d'une cuiller toutes les 10 minutes environ.
- Servir très chaud.

Bugnes, roussettes ou merveilles

༺༻

Ingrédients

250 g de farine pâtissière

1 œuf

70 g de beurre en pommade

3 cuillerées à soupe de lait

1 cuillerée à soupe de rhum brun

Sucre glace en poudreuse
(ou sucre semoule)

50 cl d'huile (pour la friture)

1 pincée de sel fin

Préparation

- Dans un saladier, casser l'œuf, ajouter le beurre en pommade, la pincée de sel, le lait, le rhum. Mélanger du bout des doigts, verser la farine. Pétrir jusqu'à l'obtention d'une boule. L'envelopper dans un linge ou un film alimentaire. Laisser reposer 2 heures au réfrigérateur.
- Chauffer l'huile dans la friteuse (160 °C environ).
- Sur un plan de travail fariné, abaisser la pâte au rouleau à pâtisserie sur une épaisseur de 2 à 3 mm. À l'aide d'une roue dentelée dite coupe-pâte (ou d'un couteau), détailler la pâte en 24 parts de la forme de votre choix.
- Les cuire par 6, 1 minute sur chaque face. Elles vont gonfler et dorer. Les égoutter sur du papier absorbant. Sucrer chaque face à la poudreuse avec du sucre glace (ou du sucre semoule).
- ***Nota :*** ces bugnes peuvent se réchauffer à four doux (160 °C).

Gnocchis gratinés à la parisienne

Ingrédients

Pour la pâte
50 g de beurre
70 g de farine
60 g de fromage râpé
(moitié gruyère, moitié beaufort)
15 cl de lait
3 œufs
1 pointe de couteau de noix muscade râpée
1 cuillerée à café de gros sel
sel, poivre

Pour la sauce
20 g de farine
20 g de beurre
50 cl de lait
60 g de fromage râpé
sel, poivre

Préparation

- Dans une casserole, réunir le lait, le beurre, une pincée de sel, le poivre, la muscade. Porter à ébullition. Hors du feu, incorporer la farine en pluie. Mélanger avec une cuiller en bois. Remettre sur feu doux. Dessécher l'appareil comme pour une pâte à choux. Verser ce mélange dans une autre casserole, incorporer les œufs l'un après l'autre, en remuant toujours avec la cuiller en bois. Ajouter le fromage râpé. Remuer encore.

- Couvrir la casserole. Réserver hors du feu.
- Dans un faitout assez large, faire bouillir 2 litres d'eau, avec le gros sel.
- À l'aide d'une cuiller à café, façonner des petites quenelles de pâte. Les laisser tomber dans l'eau frémissante, en s'aidant d'une autre cuiller. Ou se servir d'une poche à pâtisserie et sectionner la pâte tous les 2 cm à l'aide d'un couteau. Pratiquer ainsi jusqu'à épuisement de la pâte.
- Lorsque les quenelles sont cuites, elles remontent à la surface.
- Les sortir à l'aide d'une écumoire. Les égoutter sur un linge de cuisine.
- Pour la sauce, rassembler dans une casserole le lait froid, le beurre coupé en morceaux, la farine, la moitié du fromage râpé, une pincée de sel et le poivre. Mettre la casserole à feu moyen et remuer jusqu'à ébullition.
- Dans un plat à gratin, alterner en couches successives les gnocchis et la sauce. Terminer par la sauce. Répartir le reste du fromage râpé. Laisser gratiner 15 minutes dans le four préchauffé à 180 °C (thermostat 6).
- ***Nota :*** ce plat peut se préparer à l'avance ; il suffit de le garder au réfrigérateur et de le sortir 1 heure avant de le passer au four.

Mendiant de fruits secs

Ingrédients

100 g de pruneaux dénoyautés
100 g d'abricots secs moelleux
100 g de figues séchées
25 g de raisins blonds, dits de Corinthe
25 g de raisins noirs, dits de Smyrne
3 pommes
2 cuillerées à soupe de miel

Préparation

- Dans une casserole, porter le miel à ébullition. Ajouter les pommes épluchées et coupées en petits morceaux. Laisser cuire 5 minutes. Remuer avec une cuiller en bois. Verser 1/2 verre d'eau. Cuire encore 3 ou 4 minutes.
- Dans un saladier, réunir les fruits secs. Passer au moulin à légumes (grille fine) la compote de pomme au miel. La mélanger aux fruits. Laisser refroidir, couvrir et garder au frais.
- Une macération de 24 heures apporte un plus à ce mendiant.
- **Nota :** cette préparation peut se conserver quelques jours au réfrigérateur.

Variante
Servir avec une crème glacée vanille, rhum/raisins ou chocolat noir.

Sur le marché de Valence

---•◆•---

Déjeuner
Irish stew
Soupe d'ananas frais

ଅଟ

Dîner
Betteraves en salade à l'ail ou à l'échalote
Murson (ou saucisse de couennes),
purée de navets
Poires pochées au sirop, sauce au chocolat chaud

Produits	Prix au kg	Quantité	Francs	Euros
Poitrine d'agneau	25,80 F	1,750 kg	27,85 F	4,25 €
Saucisse de couennes	61,80 F	440 g	27,20 F	4,15 €
Pommes de terre	5,00 F	1 kg	5,00 F	0,76 €
Batavia		1	6,00 F	0,91 €
Oignons	6,00 F	2	1,00 F	0,15 €
Ananas		1	12,00 F	1,83 €
Poires Beurré Hardy	11,00 F	1 kg (4)	11,00 F	1,68 €
Betterave crue	7,00 F	790 g	5,55 F	0,85 €
Navet	6,80 F	875 g	5,95 F	0,91 €
Total			101,55 F	15,49 €

Prix relevés sur le marché de Valence.

Commentaires

La viande d'**agneau** de qualité est brillante, va du rose pâle au plus soutenu, sauf l'agneau de lait qui présente une chair très claire, presque blanche ; il est onéreux à l'achat car élevé exclusivement au lait.

Choisissez pour cette recette du collier, éventuellement de l'épaule ou du haut de côte, extrêmement savoureux et peu coûteux. N'utilisez pas de morceaux nobles pour élaborer ce plat de ménage, classique en Irlande, simplissime à réaliser. Si vous n'avez pas cuisiné de pot-au-feu les jours précédents, n'hésitez pas à utiliser un bouillon du commerce.

L'**ananas** est à la fois un fruit et une plante. Le fruit appartient à la famille des Broméliacées, originaires d'Amérique. Son nom français est une adaptation du terme indien *nana nana*, qui signifie « parfum des parfums ». Les Hollandais ont été les premiers, au XVIIe siècle, à le faire pousser sous serres. Seuls les rois et les princes pouvaient alors savourer cette merveille.

Achetez un ananas ferme, coloré sur plus de la moitié de sa hauteur et surmonté d'un plumet vert, luisant et vigoureux ; vérifiez que le parfum qu'il dégage à sa base est net et franc. Les ananas mous au toucher, qui ont des taches sur l'écorce et dont le plumet est noir, fané, n'ont pas leur place sur votre table.

Il existe plusieurs variétés d'ananas :

• Le *Cayenne lisse*, qui tient son nom de la capitale de la Guyane française, est en réalité originaire de Côte d'Ivoire et de Martinique. Sa chair est jaune, très juteuse, sucrée, un petit peu fibreuse, les feuilles de son plumet sont dépourvues d'épines.

• Le *Queen*, plus petit, à carapace épineuse, est importé de l'île Maurice ou d'Afrique du Sud. Sous son écorce, la chair est jaune doré, très juteuse, douce et parfumée ; il manque un peu d'acidité.

• Le *Victoria* et le *Queen Victoria* sont de petite taille. À la Réunion, on en mange facilement un par personne.

On le pèle, on le tient par le plumet, préalablement débarrassé de ses épines, et on mord dedans à pleines dents. Le fruit un peu allongé offre une chair très parfumée, très sucrée.

- Le *Champaka*, une autre variété de Cayenne lisse mais cultivée au Costa Rica, a une coloration extérieure verte, même à maturité. Sa saveur est tout à fait exceptionnelle.

Achetez de préférence des **betteraves** crues, et faites-les cuire vous-même la veille ou quelques jours avant de les consommer, en même temps qu'une tarte ou une cuisson au four.

Procédez comme suit : bien emballer les betteraves dans deux ou trois épaisseurs de papier d'aluminium et les mettre au four (température très basse) pendant 1 heure 30 à 2 heures. Vérifiez la cuisson en plantant une aiguille à brider ou une pique de cuisine ; quand l'aiguille pénètre facilement dans les betteraves, vous pouvez les sortir, les laisser refroidir dans le papier d'aluminium, afin que les jus se concentrent. Pelez normalement, émincez.

Irish stew

Ingrédients

1 kg de poitrine de mouton

800 g de pommes de terre

2 gousses d'ail

2 échalotes

250 g d'oignons

1 petit bouquet garni

1 petit bouquet de persil

1 litre de bouillon du commerce

Préparation

- On peut mélanger à la poitrine du collier de mouton, généralement au même prix ou quelquefois moins cher.
- Faire découper par le boucher la viande en morceaux de 50 à 60 g environ.
- Peler les pommes de terre et les oignons. Les émincer en tranches de 5 mm d'épaisseur. Saler et poivrer la viande sur chaque face.
- Réunir dans une cocotte en fonte (ou dans une terrine) les pommes de terre, les oignons et la viande, ainsi que les gousses d'ail et les échalotes épluchées et entières.
- Ajouter le bouquet garni et le persil ciselé.
- Préparer le bouillon. À ébullition, le verser sur la préparation.

  Deux possibilités pour la cuisson :
  - *Au four préchauffé à 180 °C* (thermostat 6). Y déposer la cocotte avec le couvercle. Laisser mijoter 1 heure 30.
  - *Sur le feu.* À ébullition, couvrir la cocotte, laisser bouillotter 1 heure 15 environ.
- Dans les deux cas, piquer la viande avec la pointe d'un couteau pour vérifier sa cuisson.
- Traditionnellement, les Irlandais agrémentent l'irish stew d'une rasade de Worcestershire sauce.
- Servir brûlant dans le plat de cuisson, après avoir retiré le bouquet garni.

Soupe d'ananas frais

※

Ingrédients

1 bel ananas frais

250 g de sucre semoule

1 verre de vin blanc moelleux

Préparation

- Pour le sirop, faire bouillir dans une casserole 40 cl d'eau et le sucre pendant 1 minute. Laisser refroidir.
- Éplucher l'ananas sur une planche à rigole pour récupérer le jus.
- Retirer les yeux. Couper 4 belles tranches dans le milieu du fruit, les débarrasser de la partie ligneuse du cœur. Réserver.
- Passer au mixeur le reste de la chair, le jus récupéré et le vin. Verser cette préparation dans un compotier.
- Compléter avec le sirop de sucre. Mélanger.
- Ajouter les tranches d'ananas coupées en quatre.
- Couvrir et mettre au réfrigérateur.
- Servir cette soupe bien froide, dans des assiettes creuses.

Betteraves en salade, à l'ail ou à l'échalote

◎✧

Ingrédients

650 g de betteraves cuites,
soit 520 g une fois épluchées
1 gousse d'ail (ou 1 petite échalote)
2 branches de persil plat

100 g de vinaigrette
5 cuillerées à soupe d'huile
2 cuillerées à soupe de vinaigre de vin
sel, poivre

Préparation

- Peler les betteraves et les couper en tranches très fines, plutôt qu'en cubes, afin que l'assaisonnement pénètre plus intimement la chair.
- Préparer une vinaigrette.

- Hacher très finement l'ail ou l'échalote, ajouter les betteraves, arroser avec la vinaigrette.
- Mélanger, décorer avec le persil grossièrement ciselé.

Murson (ou saucisse de couennes), purée de navets

Ingrédients

1 beau murson de 440 g
870 g de navets bien blancs et fermes
2 cuillerées à soupe de beurre
1 litre de bouillon du commerce
gros sel, poivre

Préparation

- Porter le bouillon à ébullition, y plonger la saucisse de couennes. Laisser frissonner 25 minutes.
- Éplucher les navets, les couper en morceaux. Les faire cuire à gros bouillons 20 minutes dans une généreuse quantité d'eau additionnée de gros sel. Égoutter. Passer au moulin à légumes (grille fine).
- Remettre la purée sur le feu dans une casserole, en remuant pour l'assécher un peu. Incorporer le beurre en petits morceaux, compléter avec un tour de moulin à poivre.
- Égoutter le murson, le couper en tranches de 1,5 cm d'épaisseur.
- Servir avec la purée de navets.
- *Nota :* ne pas oublier le pot de moutarde sur la table.

Variante
Remplacer le bouillon par de l'eau avec un peu de sel.

Poires pochées au sirop, sauce au chocolat chaud

Ingrédients

4 belles poires de saison mûres
150 g de sucre semoule
1/2 gousse de vanille

Pour la sauce au chocolat
50 g de cacao en poudre, non sucré
130 g de sucre glace ou sucre semoule
1 cuillerée à soupe de beurre

Préparation

- Pour le sirop, porter à ébullition 1 litre d'eau, le sucre et la demi-gousse de vanille fendue et grattée.
- Peler les poires, les couper en deux dans le sens de la hauteur. Enlever le cœur, les pépins et le trognon. Les plonger avec une écumoire dans le sirop bouillant. Couvrir et laisser mijoter doucement 12 minutes environ. Les débarrasser dans un compotier. Laisser refroidir dans le sirop de cuisson.
- Pour la sauce au chocolat, verser 1 verre d'eau dans une casserole, ajouter le sucre et le cacao. Fouetter pour bien mélanger. Laisser reposer 15 minutes. Porter à ébullition et cuire 2 minutes à petits bouillottements. Incorporer le beurre. Mettre la casserole au bain-marie et continuer à fouetter. Couvrir la sauce au chocolat avec une assiette. Réserver au chaud.
- Servir les poires égouttées dans des coupes à fruits ou des assiettes creuses, les napper de chocolat très chaud.
- *Nota :* le sirop de poires peut être conservé quelques jours au réfrigérateur pour la réalisation d'un autre dessert, une salade de fruits par exemple ou le trempage d'une génoise, de biscuits...

Variante
Accompagner les poires d'une boule de glace à la vanille ou au miel.

Sur le marché de Chartres

Déjeuner
*Salade de citrons jaunes aux olives
Palette de porc
à la purée de haricots blancs
Île flottante au caramel*

ॐ

Dîner
*Saucisses
Choux de Bruxelles
Fromage blanc au miel*

Produits	Prix au kg	Quantité	Francs	Euros
Palette de porc	39,90 F	1,100 kg	42,50 F	6,48 €
Saucisses de Toulouse	49,00 F	2	19,10 F	2,91 €
Saucisses aux oignons	49,00 F	2	19,85 F	3,03 €
Choux de Bruxelles	12,80 F	520 g	6,65 F	1,01 €
Œufs		12	18,00 F	2,74 €
Olives	120,00 F	150 g	18,00 F	2,74 €
Citrons	14,80 F	580 g (4)	8,60 F	1,31 €
Haricots secs	25,80 F	600 g	15,50 F	2,36 €
Lait cru		1 litre	5,80 F	0,88 €
Fromage blanc		500 g	6,10 F	0,93 €
Total			160,10 F	24,39 €

Prix relevés sur le marché de Chartres.

Commentaires

Originaires du nouveau monde, les **haricots secs** débarquent en Europe au XVIe siècle, en France, dans les bagages de Catherine de Médicis. De nos jours, ce sont les premiers légumes secs consommés dans notre pays, avant les lentilles.

Le choix est large entre les *soissons*, gros haricots blancs cultivés en France, en Italie, en Turquie, en Grèce et en Pologne, les *lingots*, gros haricots blancs également, très longs, originaires de France, d'Argentine et du Chili, et les *cocos*, petits haricots blancs ronds qui poussent en France, au Canada, aux États-Unis, au Chili et en Chine.

N'oublions pas de mentionner les flageolets verts *chevriers*, une spécialité française fort prisée des gourmets. Du nom d'un cultivateur de Brétigny (Essonne) qui sélectionna, au siècle dernier, une espèce conservant sa belle couleur verte après avoir séché. Récoltés avant maturation, les flageolets ont une peau très fine, une grande délicatesse de goût et sont aussi faciles à digérer. Durant le séchage, les grains sont abrités du soleil afin qu'ils ne perdent pas leur couleur, absolument naturelle. Les flageolets verts sont particulièrement délicieux avec un gigot ou un rôti et M. Chevrier a aujourd'hui sa statue sur la place de sa commune !

Également les *great northern*, des flageolets blancs nord-américains, destinés à la conserverie, les *haricots rouges*, cultivés aux États-Unis, au Canada, en Argentine et en Chine, les *cornilles*, des haricots blancs dotés d'un œil noir, originaires des États-Unis, du Pérou et de Turquie qu'on appelle encore *blackeyes*, et les *haricots noirs* d'Amérique du Sud. Aux États-Unis, au Canada, au Chili et en Espagne, on cultive aussi des *cocos* roses, marbrés.

Au Japon, l'*aduki* est considéré comme le roi des haricots. Il est cuisiné en légume d'accompagnement ou en confiture. En Asie, on consomme aussi des *haricots de soja*, de couleur noire, à ne pas confondre avec les *frijoles negros* d'Amérique Latine. Petits et ronds, ils contiennent une grande quantité d'huile et de sucre, contrairement aux autres légumes secs. Ils servent à fabriquer la sauce soja, le lait de soja, le *tofu* (lait de soja caillé) et le *tempeh* (pâte préparée à base de haricots cuits).

Salade de citrons jaunes aux olives

Ingrédients

4 citrons jaunes bien mûrs,
dont 1 cuillerée à soupe de jus

150 g d'olives vertes et noires, dénoyautées

100 g de persil plat

2 cuillerées à soupe d'huile d'olive

1/2 cuillerée à café (pincée généreuse) de paprika

1/2 cuillerée à café (pincée généreuse)
de cumin en poudre

1 pincée de poivre de Cayenne

1 cuillerée à soupe de sel fin + 1 pincée

Préparation

- Peler les citrons à vif. Presser les zestes dans 1 litre d'eau.
- À l'aide d'un petit couteau, prélever les quartiers de citron à cru. Les plonger dans l'eau additionnée de 1 cuillerée à soupe de sel. Laisser macérer 1 heure.
- Égoutter les citrons. Couper les chairs en petits dés. Les réunir dans un saladier avec le persil lavé, séché et grossièrement haché. Compléter avec les olives coupées en grosses rondelles.
- Dans un bol, délayer l'huile avec 1 cuillerée à soupe de jus de citron, les épices et 1 pincée de sel fin. Verser sur le mélange citrons/olives/persil.
- Remuer délicatement. Servir aussitôt.

Palette de porc à la purée de haricots blancs

Ingrédients

1/2 palette de porc

1 carotte

1 oignon

1 clou de girofle

1 bouquet garni
(1 branche de céleri, 1 feuille de laurier, queues de persil)

2 gousses d'ail

2 cuillerées à soupe de beurre ou de saindoux

600 g de haricots blancs

1 cuillerée à soupe de beurre

1 cuillerée à soupe de lait

sel (peu)

poivre noir (quelques grains)

Préparation

- Préchauffer le four à 180 °C (thermostat 6).
- Faire fondre dans une cocotte 2 cuillerées à soupe de beurre ou de saindoux. Ajouter la palette, une moitié de carotte et une moitié d'oignon coupées en morceaux, les gousses d'ail non épluchées. Saler. Mettre au four.
- Après 10 minutes de cuisson, ajouter 1/2 verre d'eau. Cuire tel quel 30 minutes.
- Couvrir la cocotte. Réduire la chaleur du four à 150 °C (thermostat 5). Poursuivre la cuisson 20 minutes.
- Plonger les haricots dans une casserole d'eau tiède. Porter à ébullition. Dès les premiers bouillons, retirer la casserole du feu. Couvrir 15 minutes. Égoutter.

- Remettre les haricots dans une casserole avec 2 fois leur volume d'eau. Joindre l'autre moitié de carotte, l'autre moitié d'oignon piquée du clou de girofle et le bouquet garni. Laisser cuire à petits bouillottements 1 heure 40 à 2 heures. Égoutter. Retirer le bouquet garni.
- Passer les haricots, la carotte et l'oignon débarrassé du clou de girofle au moulin à légumes (grille fine) ou au mixeur.
- Incorporer 1 cuillerée à soupe de beurre, travailler la purée.
- Verser le lait, saler et poivrer.
- Servir la palette coupée en morceaux avec son jus, la purée dans un légumier.
- *Nota :* ne pas saler les haricots durant la cuisson, sous peine de durcir la peau.

Variante

Le principe de cuisson restant inchangé quelle que soit la variété de haricots, on peut confectionner des purées de haricots rouges, flageolets, cocos, lingots ou haricots plats tarbains.

Île flottante au caramel

Ingrédients

4 blancs d'œufs
(utiliser les jaunes pour la crème anglaise)
150 g de sucre glace
1 belle cuillerée de beurre (pour le moule)
Sucre cristallisé (pour le moule)
50 cl de crème anglaise (voir recette ci-après)

Pour le caramel
100 g de sucre cristallisé
2 cuillerées à soupe d'eau
1/2 cuillerée à soupe de beurre

Préparation

- À l'aide d'un pinceau, enduire de beurre fondu un moule à charlotte, à soufflé ou à savarin. Saupoudrer du sucre cristallisé, verser 2 cuillerées à soupe d'eau et remuer le moule pour en couvrir toutes les parois. Garder au frais.
- Monter les blancs en neige à l'aide d'un batteur ou d'un mixeur. Ajouter 1 cuillerée à soupe de sucre glace au début de l'opération, et le reste du sucre lorsqu'ils deviennent fermes. Ils doivent avoir l'apparence d'une meringue.
- Remplir le moule – ça n'est pas grave si l'appareil dépasse les bords –, le placer dans un bain-marie froid. Cuire 20 à 25 minutes dans le four préchauffé à 140° C (thermostat 4/5).
- Laisser refroidir, puis mettre au réfrigérateur.
- Avant de confectionner le caramel, démouler l'île flottante sur un plat creux.
- Pour le caramel, laisser cuire doucement le sucre et l'eau dans une poêle. Le sucre va d'abord jaunir, puis s'épaissir, enfin prendre une belle couleur. Ajouter le beurre, pour interrompre la cuisson du caramel, et remuer doucement en faisant tourner la poêle.
- Verser sur l'île flottante. L'entourer d'un cordon de crème anglaise. Servir le reste du caramel en saucière.

Crème anglaise

Ingrédients

4 jaunes d'œufs

50 cl de lait

70 g de sucre semoule

1 cuillerée à café rase de Maïzena
(ou de fécule)

1/2 gousse de vanille

Préparation

- Mettre les jaunes d'œufs – réserver les blancs pour confectionner des œufs à la neige, un soufflé à la confiture ou des meringues – dans un saladier avec 1 cuillerée à soupe d'eau et le sucre. Mélanger avec un fouet électrique jusqu'à ce que la préparation blanchisse. Incorporer la Maïzena.
- Porter à ébullition le lait avec la 1/2 gousse de vanille fendue et bien grattée. La retirer.
- Verser le lait bouillant sur les jaunes. Remuer. Transvaser le tout dans la casserole. Remuer encore avec une cuiller en bois, en dessinant des « 8 ». La crème va épaissir. Veiller à ne pas la faire bouillir.
- Lorsqu'elle nappe la cuiller, la verser à travers une passoire très fine dans un récipient.
- Déposer celui-ci dans l'évier préalablement rempli d'un fond d'eau froide et de quelques glaçons. Fouetter la crème pour l'aider à refroidir plus rapidement et pour l'alléger. Lorsqu'elle est sensiblement refroidie, couvrir et mettre au réfrigérateur jusqu'à l'emploi.

Saucisses, choux de Bruxelles

֍

Ingrédients

2 saucisses aux oignons
2 saucisses de Toulouse d'environ 125 g chacune
1 kg de choux de Bruxelles
1 belle cuillerée d'huile
2 cuillerées à soupe de beurre
1 pointe de couteau de bicarbonate de soude
2 cuillerées à soupe de gros sel
sel fin

Préparation

- Éplucher les choux de Bruxelles : enlever les feuilles jaunies et couper le pied. Bien les laver à l'eau froide. Égoutter.
- Dans un faitout, porter à ébullition 3 litres d'eau. Ajouter le gros sel, le bicarbonate de soude et les choux. Cuire à forte ébullition, sans couvrir, 10 bonnes minutes.
- À l'aide d'une écumoire, retirer les choux et les plonger dans un grand saladier d'eau froide, ainsi resteront-ils bien verts. Même principe que pour les haricots. Les égoutter.
- Dans une cocotte, chauffer 1 belle cuillerée de beurre. Laisser mijoter 10 minutes les choux à petit feu, à couvert. Saler légèrement. Surtout pas de poivre, les choux deviendraient âcres !
- Dans une poêle, cuire les saucisses sur les deux faces 7 à 8 minutes. Ne pas trop les saisir pour qu'elles n'éclatent pas. Saler.
- Servir aussitôt séparément ou tenir les saucisses au chaud sur les choux dans la cocotte.
- Ne pas oublier le pot de moutarde sur la table.

Variante

Pour obtenir un peu de jus, ôter de la poêle le gras de cuisson des saucisses, verser 1/2 verre d'eau et laisser réduire de moitié.

Fromage blanc au miel

Ingrédients

500 g de fromage blanc
4 cuillerées à soupe de miel
16 tranches fines de baguette
1 belle cuillerée de cacao en poudre

Préparation

- Allumer le gril.
- Couper la baguette en tranches de 3 à 4 mm d'épaisseur. Les ranger sur la plaque à pâtisserie du four.
- Façonner le fromage sur une assiette.
- Griller le pain sur les deux faces. À l'aide d'une passoire fine, en poudrer une seule de cacao.
- Disposer en éventail les tranches cacaotées sur le fromage. Servir avec le pot de miel.

Sur le marché de Cloyes-sur-le-Loir

Déjeuner
Pâté pantin
Salade
Granité à l'orange

ꙮ

Dîner
Soupe à l'oignon gratinée
Tarte fine maison aux pommes

Produits	Prix au kg	Quantité	Francs	Euros
Echine de porc	54,80 F	505 g	27,65 F	4,21 €
Epaule de veau	91,80 F	395 g	36,25 F	5,53 €
Oignons	4,50 F	1 kg	4,50 F	0,69 €
Ail	25,00 F	56 g	1,40 F	0,21 €
Pommes	5,50 F	381 g	2,10 F	0,32 €
Batavia		1	7,60 F	1,16 €
Oranges	10,00 F	1,810 kg	18,10 F	2,76 €
Œufs	1,00 F pièce	3	3,00 F	0,46 €
Total			100,60 F	15,34 €

Prix relevés sur le marché de Cloyes-sur-le-Loir.

Commentaires

L'oignon appartient à la famille des Liliacées, comme l'ail, l'asperge et le lys. Il arrive des steppes de l'Asie centrale, il est cultivé depuis la nuit des temps. On n'en connaît aucun spécimen à l'état sauvage.

Il existe plusieurs variétés d'oignons. Essentiellement cultivés dans le Nord, ils ont un goût prononcé ; dans les contrées ensoleillées, ils s'adoucissent, deviennent plus nuancés, subtils.

⊗ Des 6 oranges achetées, nous en conservons 3 belles pour confectionner une tarte à l'orange.

Les oignons blancs proviennent de Provence, du Languedoc, d'Aquitaine. Les oignons jaunes, qu'on trouve en France toute l'année, sont originaires de Bourgogne, des Ardennes ou des régions de Loire. Les oignons rouges, dits oignons doux, arrivent d'Italie et d'Espagne.

Les oignons blancs proposés au début du printemps ou de l'été et vendus avec leurs fanes se conservent au réfrigérateur, alors que les oignons de garde – oignons jaunes – sont de préférence entreposés dans un lieu sec et aéré, à l'abri de la lumière ; ils sont vendus calibrés ; les étiquettes doivent indiquer l'origine, la catégorie et la normalisation.

⊗ Pour éviter de pleurer en épluchant un oignon, il suffit d'effectuer cette opération sous un filet d'eau froide, afin de dissoudre le facteur lacrymogène, d'empêcher sa diffusion dans l'air. On peut aussi placer l'oignon au congélateur quelques minutes auparavant.

Pâté pantin à la viande

ൟ

Ingrédients

400 g de pâte brisée

500 g d'échine de porc

400 g d'épaule de veau

1 verre à moutarde de vin blanc sec

1 gros oignon

2 belles gousses d'ail

100 g de mie de pain trempée dans du lait

1 botte de persil

2 œufs

10 cl de crème

sel, poivre

Préparation

- Couper la moitié des deux viandes en lamelles. Les laisser mariner une nuit avec le vin blanc, la moitié du persil haché, l'oignon et l'ail détaillé.
- Le lendemain, passer au hachoir le reste de la viande avec la mie de pain, 1 blanc d'œuf et l'autre moitié du persil. Saler, poivrer.
- Préchauffer le four à 220 °C (thermostat 7).
- Abaisser la pâte sur 3 ou 4 mm d'épaisseur. Former un rectangle. Mouiller les bords sur 1,5 cm avec un pinceau trempé dans de l'eau.
- Répartir la farce sur la moitié de la pâte. Rabattre l'autre moitié et souder en appuyant bien sur le pourtour avec les doigts.
- Délayer 1 jaune d'œuf dans 1 cuillerée à café d'eau et une pincée de sel. En badigeonner le pâté.
- Au centre, faire une ouverture, appelée « cheminée ».
- Avec une fourchette ou la pointe d'un couteau, tirer des lignes très profondes en quadrillage à la surface du pâté, cela évite à

la pâte de brûler. Piquer également la pointe d'une fourchette en 4 ou 5 endroits différents.
- Poser sur la plaque à pâtisserie du four. Enfourner pour 40 minutes.
- Après 10 minutes de cuisson, réduire la chaleur à 170 °C (thermostat 5/6).
- À mi-cuisson, couvrir de papier d'aluminium si la pâte est trop colorée.
- 5 minutes avant la fin de la cuisson, ajouter, par la cheminée, 1 œuf battu avec 10 cl de crème.
- Servir chaud en entrée ou comme plat de résistance avec une salade.

Ustensiles

On peut réaliser cette recette dans un moule à tarte en recouvrant complètement la partie supérieure et en ouvrant de la même façon une cheminée.

Variante de la recette
250 g de pâte feuilletée du commerce
150 g d'épaule de veau
150 g d'échine de porc
70 g de jambon de pays
1 belle échalote
20 g de beurre
1/2 cuillerée à café de quatre-épices en poudre
2 œufs
2 cuillerées à soupe de cognac et autant de porto
1/2 cuillerée à café de sel fin
poivre

Préparation

- Hacher ou faire hacher (grosse grille) par le boucher l'épaule, l'échine et le jambon. Mélanger dans un saladier avec le sel, le poivre, le quatre-épices, le cognac, le porto et 1 œuf.

- Émincer l'échalote, la cuire dans le beurre sans lui laisser prendre couleur. L'incorporer à la farce. Laisser reposer quelques heures au frais.
- Préchauffer le four à 220 °C (thermostat 7/8).
- Abaisser la pâte sur 3 ou 4 mm d'épaisseur. Former un rectangle. Mouiller les bords sur 1,5 cm avec un pinceau trempé dans de l'eau.
- Répartir la farce sur la moitié de la pâte. Rabattre l'autre moitié et souder en appuyant bien sur le pourtour avec les doigts.
- Délayer 1 jaune d'œuf dans 1 cuillerée à café d'eau et une pincée de sel. En badigeonner le pâté.
- Au centre, faire une ouverture, appelée « cheminée ».
- Avec une fourchette ou la pointe d'un couteau, tirer des lignes très profondes en quadrillage à la surface du pâté, cela évite à la pâte de brûler. Piquer également la pointe d'une fourchette en 4 ou 5 endroits différents.
- Poser sur la plaque à pâtisserie du four. Enfourner pour 40 minutes.
- Après 10 minutes de cuisson, réduire la chaleur à 170 °C (thermostat 5/6).
- À mi-cuisson, couvrir de papier d'aluminium si la pâte est trop colorée.
- Servir chaud ou froid, avec une salade.

Granité à l'orange

Ingrédients

3 oranges (pour obtenir 40 cl de jus)

70 g de sucre semoule

2 cuillerées à café de sirop de grenadine
(ou de sucre)

Préparation

- À l'aide d'un épluche-légumes, prélever la peau de 1 orange. La hacher grossièrement. La placer dans une petite casserole, la recouvrir d'eau. Porter à ébullition. Rincer sous l'eau froide. Égoutter à nouveau.
- Réunir dans une petite casserole le sucre et 10 cl d'eau, les zestes d'orange. Porter à ébullition 1 minute. Laisser refroidir à couvert. Filtrer le sirop à travers une passoire fine.
- Presser les oranges. Récupérer le jus et le mélanger avec le sirop. Verser dans un plat creux sur 1 cm d'épaisseur environ.
- Mettre le plat dans le congélateur pendant 1 heure.
- Ajouter 1 cuillerée de sirop de grenadine. Remuer avec une fourchette pour casser le granité qui commence à prendre en glace. Remettre au congélateur.
- Après 30 minutes, compléter avec la deuxième cuillerée à café de grenadine. Remuer encore avec une fourchette.
- Remettre au congélateur pendant 1 heure.
- Le granité est prêt.
- Entreposer des verres à pied ou des coupes à fruits 30 minutes dans le congélateur pour les givrer. À l'aide d'une cuiller à soupe, les remplir de granité d'orange au moment de servir.
- C'est une préparation très fraîche et très goûteuse à laquelle la grenadine apporte la couleur et un complément de sucre.
- *Nota :* si le granité doit attendre plus de 3 heures, le remuer avec une fourchette 30 minutes avant de le déguster.

Soupe à l'oignon gratinée

Ingrédients

300 g de gros oignons
40 g de beurre
1 cuillerée à soupe d'huile d'arachide
40 g de farine
150 g de fromage râpé
16 tranches de pain rassis
1,5 litre d'eau (ou de bouillon du commerce)
sel, poivre

Préparation

- Éplucher et couper les oignons en rondelles. Faire chauffer le beurre et l'huile dans une cocotte. Ajouter les oignons. Les faire roussir légèrement pendant 10 minutes. Saupoudrer de farine. Cuire en remuant. Ajouter l'eau ou le bouillon. Saler, poivrer. Laisser bouillotter à couvert pendant 30 minutes.
- Allumer le gril du four. Griller les tranches de pain d'un seul côté. Rectifier l'assaisonnement de la soupe. Remplir les bols à gratin aux trois quarts, disposer le pain sur le potage, la face non grillée en contact avec le liquide. Saupoudrer avec le fromage râpé. Mettre à gratiner 6 à 7 minutes.

Tarte fine maison aux pommes

Ingrédients

1 rouleau de pâte feuilletée du commerce (200 g)

4 pommes fermes, croquantes et acidulées

120 g de sucre cristallisé

100 g de beurre

Préparation

- Préchauffer le four à 200 °C (thermostat 6-7).
- Peler les pommes, enlever le cœur à l'aide d'un vide-pomme. Couper les fruits en deux à mi-hauteur.
- Dérouler la pâte feuilletée, la poser avec son papier sulfurisé à même la plaque à pâtisserie. Piquer le fond avec une fourchette. Émincer très finement les pommes, les ranger très serrées, en rosaces, sur le fond de pâte jusqu'à 5 mm du bord. Répartir sur les fruits quelques noisettes de beurre – on peut aussi faire fondre le beurre dans une casserole et en badigeonner les pommes avec un pinceau – et un peu de sucre.
- Mettre au four à mi-hauteur 15 minutes, en prenant soin de parsemer à nouveau de beurre et de sucre toutes les 5 minutes. On obtient ainsi une tarte très goûteuse et croustillante, légèrement caramélisée.

Sur un marché de Bordeaux

Déjeuner
Céleri rémoulade
Tendrons de veau aux carottes
Choux à la crème pâtissière

❧

Dîner
Croque-monsieur
Salade verte
Polenta aux fruits

Produits	Prix au kg	Quantité	Francs	Euros
Frisée		1	10,50 F	1,60 €
Polenta semoule	14,20 F	200 g	2,84 F	0,54 €
Céleri-rave		1 kg	8,00 F	1,22 €
Œufs	1,00 F pièce	7	7,00 F	1,07 €
Banane	11,00 F	1	2,20 F	0,34 €
Tendrons de veau	44,80 F	750 g	33,60 F	5,12 €
Crème		40 cl	8,52 F	1,30 €
Oignon	8,00 F	1	0,80 F	0,12 €
Carottes	5,95 F	700 g	4,16 F	0,63 €
Lait entier		1 litre	4,92 F	0,75 €
Jambon	58,00 F	150 g	8,70 F	1,33 €
Gruyère râpé	47,40 F	150 g	7,11 F	1,08 €
Poire	15,00 F	120 g	1,80 F	0,27 €
Pomme	12,00 F	120 g	1,44 F	0,22 €
Total			101,59 F	15,59 €

Prix relevés sur un marché de Bordeaux.

Commentaires

Le **croque-monsieur** a été servi pour la première fois en 1910, dans un café du boulevard des Capucines. C'est un classique de la restauration rapide dans les bistrots et brasseries, mais il est extrêmement facile à réaliser chez soi. Avec une salade, il constitue un délicieux repas pour peu qu'on l'améliore en utilisant du jambon de qualité supérieure et un fromage râpé plus original qu'un emmenthal médiocre.

Il se compose de pain de mie beurré, passé à la poêle sur les deux faces. Parce que c'est souvent lourd et indigeste, je vous suggère une belle grosse tranche de pain de campagne, toastée ou grillée sans matière grasse, ou simplement caressée d'un peu de beurre ; vous ajoutez une savoureuse tranche de jambon – jambon d'York ou jambon blanc, coupé un peu épais pour qu'il y ait quand même de la viande –, du comté, un bon emmenthal, du beaufort ou encore du gouda, voire du gruyère de Gruyère, et non de ces appellations fourre-tout qui camouflent on ne sait quoi. Posez la deuxième tranche de pain, puis recouvrez le tout de fromage râpé ou de béchamel et faites gratiner au four. Servez avec une bonne salade verte et régalez-vous à bon compte.

Céleri rémoulade

Ingrédients

1 boule de céleri-rave d'environ 700 à 750 g,
soit 600 g une fois épluchée

150 g (15 cl) de crème fraîche épaisse

1 cuillerée à soupe de moutarde forte

1 cuillerée à café de gros sel

sel, poivre

Préparation

- Éplucher la boule de céleri, la couper en morceaux d'environ 3 cm de côté. Les passer au robot ou au moulin à julienne (grille moyenne).
- Jeter la julienne obtenue dans une casserole d'eau bouillante, avec 1 cuillerée à café de gros sel. Compter 3 minutes de cuisson.
- Rafraîchir rapidement à l'eau froide et égoutter dans une passoire. Le céleri ne doit pas cuire mais seulement être attendri, perdre son goût trop prononcé.
- Dans un saladier, mélanger la crème avec la cuillerée de moutarde, une pincée de sel fin et quelques tours de moulin à poivre. Incorporer le céleri égoutté, mélanger intimement, rectifier l'assaisonnement.
- ***Nota :*** cette recette peut se préparer à l'avance.

Variante

Remplacer la crème par 4 cuillerées à soupe de mayonnaise bien moutardée et une bonne pincée de curry.

Si le céleri a été acheté avec les branches, en éplucher une, la couper en petits morceaux, ajouter au mélange final.

Tendrons de veau aux carottes

Ingrédients

750 g de tendrons de veau, coupés en 12 morceaux
700 g de carottes
1 gros oignon jaune (environ 100 g)
2 cuillerées à soupe d'huile
30 g de beurre
2 cuillerées à soupe de farine
1/2 cuillerée à café de fleur de thym
60 cl d'eau (ou de bouillon du commerce)
5 g de sel, poivre

Préparation

- Éplucher les carottes, les laver, les débiter en rondelles de 1 cm d'épaisseur environ. Éplucher l'oignon, l'émincer finement.
- Verser la farine dans une assiette. Saler et poivrer les morceaux de veau, les rouler dans la farine.
- Chauffer l'huile et le beurre dans un cocotte assez grande. Déposer la viande, la laisser rissoler 5 minutes sur chaque face. Ajouter l'oignon émincé. Remuer avec une cuiller en bois. Couvrir. Laisser mijoter 5 minutes. Ajouter les carottes et verser l'eau. Saler, poivrer, sans oublier la fleur de thym.
- À partir de l'ébullition, compter 1 heure 30 de cuisson à petit feu, la cocotte couverte aux trois quarts.
- Servir bien chaud.

Variante

Dans l'assiette, écraser à la fourchette les carottes avec un morceau de beurre frais...

Choux à la crème pâtissière

Ingrédients

Pour la pâte à choux
5 cl de lait
1 cuillerée à café de sucre semoule
60 g de farine
2 œufs
50 g de beurre
1 belle cuillerée à soupe de sucre glace
1 pincée de sel

Pour la crème
25 cl de lait
60 g de sucre semoule
2 œufs
20 g de farine
1/2 gousse de vanille

Préparation des choux

- Dans une casserole, porter à ébullition le lait, autant d'eau, le sel, le sucre semoule et le beurre. Hors du feu, ajouter la farine en pluie. À feu doux, dessécher la pâte 1 minute à l'aide d'une cuiller en bois. Verser la préparation dans un petit saladier. Incorporer les œufs l'un après l'autre, en remuant énergiquement. Couvrir.
- Préchauffer le four à 220 °C (thermostat 7).
- Passer la plaque à pâtisserie sous l'eau. Ne pas l'essuyer.
- À l'aide d'une cuiller à soupe, ou d'une poche à pâtisserie, former 8 choux. À travers une passoire fine, les saupoudrer très légèrement de sucre glace.

- Mettre au four sans attendre. Après 12 minutes de cuisson, réduire la chaleur à 190 °C (thermostat 6).
- Prolonger la cuisson 15 minutes. La pâte doit être dorée, plutôt blonde, mais néanmoins moelleuse.
- Laisser refroidir sur une assiette.

Préparation de la crème pâtissière

- Dans une casserole, porter le lait à ébullition. Ajouter la demi-gousse de vanille fendue et grattée. Couvrir. Laisser infuser.
- Dans un saladier, fouetter les œufs avec le sucre jusqu'à ce que le mélange blanchisse. Ajouter la farine, mélanger. Verser le lait bouillant.
- Transvaser la crème dans une casserole à fond épais et laisser cuire jusqu'à ébullition, en remuant constamment avec le fouet.
- Retirer la gousse de vanille, verser la crème dans un saladier. Couvrir. Laisser refroidir.
- Fendre les choux en deux sans les séparer complètement. Les garnir de crème à l'aide d'une cuiller.

Variante

Servir les choux à la crème nappés de sauce chocolat (voir recette p. 129 Poires pochées au sirop, sauce au chocolat chaud).

Croque-monsieur

Ingrédients

1 pain de mie (9 x 9 cm) de 280 à 300 g,
débité en 16 tranches (ou 8 tranches de pain
de campagne coupées en deux)
2 tranches de jambon blanc (150 g)
150 g de fromage râpé
80 g de beurre

Préparation

- Faire fondre le beurre dans une casserole.
- En badigeonner avec un pinceau 8 tranches de pain de mie. Les déposer, face beurrée, sur la lèchefrite du four. Ajouter sur chacune 1/4 de tranche de jambon, puis la moitié du fromage râpé. Couvrir avec les 8 autres tranches de pain. Les beurrer et répartir le gruyère restant.
- Préchauffer le four à 200 °C (thermostat 6-7).
- Glisser les croque-monsieur dans le four 12 minutes.
- Servir aussitôt avec une salade verte.

Variante

On peut remplacer le jambon blanc par de la mortadelle, ou préparer un croque-monsieur « tout fromage » avec du bleu, de la mozzarella de bufflonne... mais toujours garnir le dessus de fromage râpé pour faire gratiner.

Polenta aux fruits d'hiver

Ingrédients

200 g de polenta à cuisson rapide,
du commerce

70 g de sucre semoule
+ 2 belles cuillerées

3 jaunes d'œufs
(réserver les blancs pour un autre dessert)

80 cl de lait

1 banane

1 pomme

1 poire

1 pincée de sel fin

Préparation

- Dans une casserole, porter à ébullition le lait avec le sel et la moitié du sucre. Ajouter la polenta en pluie. Remuer avec un fouet. À la reprise de l'ébullition, retirer du feu.
- Dans un saladier, fouetter les jaunes d'œufs avec 1 cuillerée d'eau et le reste de sucre, jusqu'à ce que le mélange blanchisse.
- Les incorporer à la polenta encore brûlante. Bien mélanger.
- Verser aussitôt la préparation dans un moule en couronne à revêtement antiadhésif. Bien tasser avec le dos d'une cuiller.
- Démouler la polenta sur un plat qui supporte la chaleur. Saupoudrer avec les 2 cuillerées de sucre.
- Allumer le gril du four. Faire caraméliser la polenta sous la rampe bien chaude.
- Servir avec les fruits épluchés et coupés en dés, disposés au centre de la couronne.
- *Nota :* à défaut de moule en couronne, utiliser un petit saladier pour la polenta et présenter les fruits séparément.

Sur le marché de Toulouse

Déjeuner
Bulots mayonnaise
Terrine de merlan
Pamplemousse

ைக

Dîner
Pizza napolitaine
Pruneaux au vin d'orange

Produits	Prix au kg	Quantité	Francs	Euros
Bulots	38,10 F	800 g (48)	30,48 F	4,65 €
Filets de merlan	76,00 F	400 g	30,40 F	4,63 €
Congre	58,00 F	150 g	8,70 F	1,33 €
Champignons de Paris	27,10 F	100 g	2,71 F	0,41 €
Carottes	5,25 F	100 g	0,52 F	0,08 €
Tomates	13,45 F	400 g (3)	5,38 F	0,82 €
Mozzarella		150 g	11,70 F	1,78 €
Pruneaux d'Agen	29,88 F	200 g	5,97 F	0,91 €
Orange	8,10 F	120 g (1)	0,97 F	0,15 €
Œufs	1,00 F pièce	2	2,00 F	0,30 €
Total			98,83 F	15,06 €

Prix relevés sur le marché de Toulouse.

Commentaires

Le **bulot**, également appelé buccin, du nom de la trompette utilisée par les Romains, est un escargot de mer de 6 à 12 cm de longueur. Sa coquille, très large, enflée à la base et pointue au sommet, ornée de plis obliques, peut être jaune, orangée ou vert kaki.

Ce gastéropode carnivore se régale d'huîtres et de moules dont il sait parfaitement perforer les coquilles. Faute de mollusques, il s'attaque sans scrupule aux poissons morts ; heureusement, sa saveur n'en pâtit pas.

On le mange cuit, comme le bigorneau. Les pêcheurs professionnels l'utilisent souvent comme appât pour la morue, elle adore ça... Elle n'est pas la seule !

La **pizza**, aujourd'hui banalisée, était à l'origine un plat italien populaire, une galette, ou fouace, de pâte levée bien cuite, théoriquement dans un four de boulanger donc sur une sole, mais tendre ; les bords étaient relevés pour former le *cornicione*, sorte de gros bourrelet, et l'assaisonnement était composé d'huile d'olive, d'anchois, de mozzarella – de préférence de la mozzarella de bufflonne. Au XIXe siècle, les Napolitains ont ajouté de la tomate, des olives noires et de l'origan. D'où son nom de pizza napolitaine.

Vous pouvez imaginer de nombreuses variantes, utiliser tout et n'importe quoi, ce qui ne veut pas dire pour autant que votre pizza sera bonne. De petite taille, vous la servirez en entrée, plus grande, ce qui est généralement le cas, vous opterez pour la formule du plat unique.

Bulots mayonnaise

Ingrédients

4 douzaines de bulots frais

1 verre de vin blanc sec

1 petit bouquet garni
(*thym, 1 feuille de laurier, queues de persil*)

1 cuillerée à café de pastis

1 cuillerée à soupe de gros sel

poivre du moulin ou 1 pointe de couteau de Cayenne

2 clous de girofle

1 bol de mayonnaise

Préparation

- Laver les bulots dans plusieurs eaux.
- Dans un faitout, verser 1,5 litre d'eau et le vin blanc. Ajouter le bouquet garni, le sel, le poivre, la cuillerée de pastis, les clous de girofle. Porter à ébullition et laisser bouillir à couvert 5 bonnes minutes avant d'y plonger les bulots.
- Compter environ 12 à 15 minutes de cuisson à ébullition avant de les égoutter. Attention : les bulots trop cuits deviennent coriaces.
- Servir les bulots avec une mayonnaise bien moutardée ou, façon aïoli, parfumée d'une demi-gousse d'ail écrasée.

Terrine de merlan
(pour 2 repas)

Ingrédients

400 g de filets de merlan,
sans peau ni arêtes

150 g de congre,
sans peau ni arêtes

75 g de beurre, à température de la cuisine + 1 noix

2 œufs

300 g (30 cl) de crème fraîche

100 g de champignons de Paris

100 g de carottes

100 g de petits pois frais ou surgelés
(facultatif)

10 g de sel fin

5 ou 6 tours de moulin à poivre

Préparation

- Garder 400 g de filets entiers.
- Débiter le reste du poisson en gros dés et les passer au mixeur. Ajouter le beurre et bien mélanger, puis les œufs et enfin la crème fraîche. Mixer, assaisonner avec sel et poivre. Réserver la farce au frais ainsi que les filets de poisson.
- Cuire les carottes fondantes dans l'eau salée ainsi que les petits pois. Faire revenir les champignons émincés avec une noix de beurre et une goutte d'huile. Couper les carottes, bien égouttées, en petits dés et incorporer les légumes à la farce.
- Préchauffer le four à 180 °C (thermostat 6).
- Dans une terrine rectangulaire, tapissée d'une feuille de papier de cuisson sulfurisé, étaler un peu de farce. Alterner en couches successives filets de merlan, légèrement salés et poivrés, et farce.

- Terminer par la farce.
- Mettre au four pendant 1 heure 30.
- Cette terrine peut se manger froide, avec une mayonnaise allégée d'un blanc d'œuf battu en neige et additionnée d'une grosse poignées de fines herbes mêlées, ou chaude avec, par exemple, un beurre d'oursins ou toute autre sauce de son choix.
- Elle se conserve au réfrigérateur 48 heures sans problème.

Pizza napolitaine

Ingrédients

Pour la pâte
400 g de farine riche en gluten + 1 cuillerée à soupe
35 g de levure fraîche
1 cuillerée à café de sucre semoule
1 cuillerée à café de sel fin

Pour la garniture
1 gros oignon
3 tomates
1/2 gousse d'ail
1 cuillerée à soupe de concentré de tomates
1 bouquet garni
1 cuillerée à soupe de sucre semoule
1/2 cuillerée à café d'origan ou fleur de thym
150 g de mozzarella de bufflonne, fraîche de préférence
2 cuillerées à soupe d'huile d'olive
sel, poivre

Préparation

- Très important : pour la confection de la pâte, utiliser de l'eau à température ambiante. Ne jamais mettre le sel sur la levure.
- Dans un bol, délayer la levure avec 1/2 tasse à café d'eau tiède.
- Déposer la farine dans le bol du robot, verser doucement 20 cl d'eau, mélanger 4 minutes à petite vitesse. Ajouter la levure, le sel et le sucre. Faire tourner encore 4 minutes jusqu'à formation d'une boule ramassée. Additionner 1 cuillerée à soupe de farine pour bien décoller la pâte. La laisser reposer 30 minutes dans un saladier recouvert d'un linge, à température de la pièce, dans un endroit chaud.
- Dans une casserole, cuire 5 minutes l'oignon et l'ail finement hachés avec l'huile d'olive.
- Plonger les tomates 30 secondes dans une casserole d'eau bouillante, puis dans un saladier d'eau froide. Les peler, les couper en deux, les presser légèrement pour extraire les pépins. Les concasser au couteau, puis les ajouter à l'oignon, avec le concentré de tomates, le bouquet garni, le sucre, le sel et le poivre. Faire mijoter 20 minutes à feu moyen, à découvert. Laisser refroidir.
- Fariner le plan de travail. Avec un rouleau à pâtisserie, abaisser la pâte sur 5 mm environ, en lui donnant la forme souhaitée – ronde, ovale ou carrée, peu importe. Rouler les bords sur 1 cm d'épaisseur.
- Poser la pâte ainsi façonnée sur la plaque de cuisson avant de la garnir : verser la sauce tomate en respectant le bord. Semer l'origan ou le thym. Répartir la mozzarella coupée en fines lamelles ou en dés.
- Compter 10 à 12 minutes de cuisson dans un four préchauffé à 240 °C (thermostat 8). Saler légèrement à la sortie du four. Le pourtour doit être croustillant.
- Découper des parts, manger avec les doigts, c'est plus sympathique.
- *Nota :* les inventifs feront assaut d'imagination pour garnir la pizza. Les paresseux se contenteront d'acheter de la pâte à pain chez le boulanger.

Pruneaux au vin d'orange

Ingrédients

400 g de pruneaux dénoyautés

40 cl de vin rouge tanique corsé

1 belle orange

80 g de sucre semoule

1/2 cuillerée à café de cannelle en poudre
(ou 5 cm d'un bâton)

Préparation

- À l'aide d'un épluche-légumes, retirer la peau de l'orange. Couper les rubans obtenus en minces bâtonnets, c'est-à-dire en julienne. Dans une petite casserole, couvrir les zestes d'eau froide, porter à ébullition. Égoutter. Rincer à l'eau fraîche.
- Dans une casserole, porter le vin à ébullition. Plonger les zestes blanchis. Faire réduire d'un tiers. Incorporer le sucre et joindre les pruneaux.
- Dès l'ébullition, compléter avec la cannelle. Compter 5 minutes de cuisson à petits bouillons.
- Couvrir. Laisser tiédir hors du feu.
- Couper l'orange en deux, après avoir retiré la peau blanche. La débiter en fines rondelles. Les déposer dans un saladier avec le jus.
- Verser dessus les pruneaux au vin.
- Mettre au réfrigérateur au moins 2 heures.

Variante

Utiliser des pruneaux secs, trempés quelques heures dans l'eau fraîche et égouttés.

Sur le marché d'Alès

Déjeuner
Chili con carne
Salade de fruits d'hiver

❧

Dîner
Soufflé au fromage
Compote de poires à la vigneronne

Produits	Prix au kg	Quantité	Francs	Euros
Joue de bœuf	52,00 F	700 g	36,40 F	5,55 €
Poivron rouge	24,80 F	1	4,96 F	0,76 €
Oignon	8,00 F	1	0,80 F	0,12 €
Carottes	5,10 F	2	1,02 F	0,16 €
Haricots rouges	6,95 F	500 g	3,47 F	0,53 €
Bananes	8,00 F	2	3,20 F	0,49 €
Pomme	12,00 F	1	1,44 F	0,22 €
Poire	15,00 F	1	1,80 F	0,27 €
Mandarine	13,45 F	1	1,34 F	0,21 €
Lait entier		1 litre	4,92 F	0,75 €
Œufs		6	8,00 F	1,22 €
Gruyère	47,48 F	80 g	3,80 F	0,58 €
Poires	16,40 F	4	9,84 F	1,50 €
Oranges	8,00 F	2	0,96 F	0,14 €
Citron	9,90 F	1	1,18 F	0,18 €
Total			83,13 F	12,68 €

Prix relevés sur le marché d'Alès.

Chili con carne

Ingrédients

700 g de joue de bœuf parée

5 cuillerées à soupe d'huile d'olive

2 cuillerées à soupe de chili
(piment tout prêt, chez les bons traiteurs
ou dans les épiceries fines)

1 cuillerée à café de cumin en poudre

1 gousse d'ail

1/2 poivron rouge

2 oignons blancs moyens

2 carottes

3 cuillerées à soupe de concentré de tomates

1 litre de fond de volaille frais
(ou cube de commerce)

500 g de petits haricots rouges

2 clous de girofle, 1 bouquet garni

sel, poivre

Préparation

- Mettre les haricots dans une casserole d'eau tiède, porter à ébullition. Dès les premiers bouillons, retirer la casserole du feu. Couvrir pour 15 minutes. Égoutter.
- Remettre les haricots dans une autre casserole. Mouiller largement. Ajouter 1 carotte, 1 oignon piqué de clous de girofle et le bouquet garni. Laisser cuire à petits bouillottements de 2 heures à 2 heures 30. Égoutter.
- Couper, ou faire couper par le boucher, la joue de bœuf en gros cubes de 2 cm de côté. Passer au mixeur 1 oignon, 1 carotte, l'ail et le poivron. Ajouter les épices, 2 cuillerées à soupe d'huile

d'olive. Mélanger ce hachis avec la viande et réserver au réfrigérateur 24 heures.
- Dans une cocotte, faire chauffer le reste d'huile d'olive. Rissoler les morceaux de viande avec le hachis. Ajouter le bouillon, le concentré de tomates, le sel et le poivre. Couvrir et mettre la cocotte au four pour 3 heures, à 180 °C (thermostat 6).
- Après 2 heures 30 de cuisson, ajouter les haricots déjà cuits et égouttés. Vérifier la tendreté de la viande, laisser reposer au frais pour que le gras remonte à la surface. Le retirer.
- Faire réchauffer doucement.

Variante

Remplacer la joue de bœuf par du gîte à la noix bien dénervé et les haricots rouges par des flageolets.

Ce principe de cuisson est le même pour toutes les variétés de haricots. Il a l'avantage d'éviter les longues séances de trempage. On peut ainsi faire des purées de haricots rouges, de flageolets, de cocos, de lingots et de plats tarbais. Ces légumes secs se marient très bien avec le porc – grillades, rôtis –, avec l'agneau – épaule – et bien sûr le lard et les saucisses.

Salade de fruits d'hiver

Ingrédients

2 bananes

1 pomme ferme, croquante et acidulée

1 poire fondante

1 orange sans pépins

1 mandarine (pour le jus)

1/2 citron (pour le jus)

3 cuillerées à soupe de sucre semoule

Préparation

- Éplucher les fruits. Couper les bananes en rondelles, l'orange pelée à vif en gros dés. Émincer la pomme et la poire.
- Mélanger tous les fruits dans un saladier. Les recouvrir de sucre, arroser des jus de mandarine et de citron. Couvrir et laisser macérer au réfrigérateur.
- Sortir la salade au début du repas et bien mélanger avant de servir.
- *Nota :* on peut ajouter des cerneaux de noix fraîches soigneusement pelés.

Soufflé au fromage

Ingrédients

350 g de lait (35 cl)

6 œufs

2 cuillerées à soupe de beurre ramolli
(pour le moule)

80 g de beurre

80 g de farine

80 g de gruyère
(emmenthal, beaufort ou comté)

1 cuillerée à café de Maïzena
ou autre fécule

sel, poivre

Préparation

- Préchauffer le four à 220 °C (thermostat 7).
- Très important : faire fondre le beurre et, à l'aide d'un pinceau, en badigeonner le fond et les parois du moule. Le placer

10 minutes au réfrigérateur. Recommencer l'opération. Ne le sortir du réfrigérateur qu'au moment de le garnir.
- Dans une casserole, faire un roux avec le beurre et la farine en prenant soin de ne pas les laisser roussir. Cuire 10 minutes à petit feu, en remuant avec un fouet.
- Dans une autre casserole, faire bouillir le lait avec le sel et le poivre. Dès l'ébullition, verser en une seule fois le lait sur le roux. Fouetter et porter à ébullition. L'espèce de bouillie obtenue a une consistance proche de celle de la colle ? C'est normal…
- Incorporer un à un les jaunes d'œufs en remuant, puis le fromage coupé en petits dés. Couvrir la casserole. Réserver.
- Dans un saladier de bonne contenance, battre les blancs en neige avec une pincée de sel. Lorsqu'ils sont bien fermes, compléter avec la fécule ou la Maïzena.
- Prélever une grosse cuillerée de blancs montés en neige, l'introduire dans la casserole, fouetter. Puis verser le contenu de la casserole sur les blancs, dans le saladier.
- Mélanger l'ensemble avec une petite écumoire ou une cuiller en bois, en prenant soin de soulever délicatement la masse.
- Avec l'appareil obtenu, remplir le moule à ras bord.
- Le mettre dans le four. Compter 20 minutes de cuisson.
- Vérifier de temps en temps que la partie supérieure du soufflé ne brûle pas. Si la couleur devient trop foncée, ouvrir prestement le four et recouvrir le soufflé de papier d'aluminium.
- ***Nota :*** selon qu'on utilise un moule de 18 à 20 cm de diamètre ou des moules individuels de 6 à 7 cm, le temps de cuisson sera ramené de 20 à 12 minutes.

Variante

Remplacer le gruyère par du roquefort, de la fourme d'Ambert, du cheddar ou du parmesan.

Compote de poires à la vigneronne

ଓଓ

Ingrédients

4 belles poires de saison
1/2 orange
1/2 citron jaune
40 g de sucre cristallisé
1/2 bouteille de vin rouge (corsé, tanique)
1 verre à liqueur de crème de cassis

Préparation

- Porter à ébullition dans une casserole le vin rouge, le sucre et la crème de cassis.
- Éplucher les poires, les débarrasser des queues, pépins et trognons. Les couper en 8 dans le sens de la hauteur. Les plonger dans le vin chaud. Laisser reprendre l'ébullition et maintenir la cuisson 30 minutes à petit feu, en remuant de temps en temps. Ajouter l'orange et le citron coupés en fines lamelles. Faire bouillir 2 minutes.
- Verser dans un compotier. Laisser refroidir à température de la pièce, avant de servir.

Variante

Remplacer les poires par des figues ou des pommes ou encore un mélange des trois.

Sur le marché de Saumur

Déjeuner

Champignons de Paris à la coriandre fraîche
Langue de veau sauce gribiche
Pommes vapeur
Meringue

ॐ

Dîner

Omelette paysanne aux lardons, champignons, fromage
Salade
Quatre-quarts aux pommes

Produits	Prix au kg	Quantité	Francs	Euros
Champignons frais	27,95 F	700 g	2,80 F	0,43 €
Coriandre botte	11,00 F	1	11,00 F	1,68 €
Salade		1	4,20 F	0,64 €
Citron jaune	9,70 F	1	1,16 F	0,18 €
Langue de veau	43,50 F	1	43,50 F	6,63 €
Oignon	8,00 F	1	0,80 F	0,12 €
Œufs	1,00 F pièce	13	13,00 F	1,98 €
Pommes de terre Amandine	7,00 F	750 g	5,25 F	0,80 €
Morceau de comté	48,70 F	80 g	3,90 F	0,59 €
Pommes	15 F	2	3,00 F	0,46 €
Poitrine de porc fumée	40,50 F	100 g	4,05 F	0,62 €
Fromage râpé	38,00 F	50 g	1,90 F	0,29 €
Total			94,56 F	14,42 €

Prix relevés sur le marché de Saumur.

Commentaires

Pour cette recette, utilisez des **champignons** de Paris, appelés champignons de couche ou encore champignons de culture. Ce sont les grognards de l'empereur Napoléon Ier qui, réfugiés avec leurs chevaux sous la voûte Chaillot, s'aperçurent que la formule « paille + humidité + crottin de cheval » permettait la reproduction de la psalliote, l'ancêtre du champignon de Paris.

La culture resta saisonnière et dépendante des conditions climatiques jusqu'à ce que Chambry, agronome français, eût l'idée, en 1810, de la poursuivre toute l'année dans les carrières abandonnées de la capitale. Elle gagna peu à peu les cavernes troglodytes du Val de Loire, qui sont aujourd'hui le principal lieu de production en France. Cette culture se développe dans une atmosphère un peu étouffante, froide et humide ; les conditions de travail sont très pénibles.

À l'achat, vérifiez que les champignons sont frais, c'est-à-dire fermes, lisses et uniformément colorés, sans aucune tache. Le champignon se compose d'un chapeau et d'un pied : le chapeau peut très légèrement s'ouvrir – les lamelles se détachent du pied –, cela n'a pas grande importance.

Le champignon de Paris peut se présenter sous trois couleurs : le blanc, classique ; le blond, appelé volontiers brun dans le sud de la France ou rosé, est un peu plus savoureux que le blanc ; le bistre, assez rare sur les marchés, a beaucoup de goût, mais les Français n'en sont pas friands.

Si vous devez stocker les champignons – est-ce vraiment utile ? on en trouve partout –, sachez qu'il est impératif de les entreposer dans un endroit frais, une cave ou le bac à légumes du réfrigérateur par exemple. À noter : épluchez les champignons avant la consommation et surtout pas avant le stockage.

Champignons de Paris à la coriandre fraîche

Ingrédients

600 g de champignons de Paris
4 cuillerées à soupe d'huile d'olive
20 cl de vin blanc sec
1 petite botte de coriandre fraîche
1 citron jaune
sel, poivre

Préparation

- À l'aide d'un petit couteau, éplucher les pieds des champignons pour enlever la terre. Les laver à l'eau fraîche dans un saladier, les égoutter. Les couper en gros quartiers.
- Faire chauffer l'huile dans une cocotte. Faire revenir 5 minutes les champignons avec le jus de citron. Ajouter le vin blanc, le sel et le poivre. Équeuter la coriandre lavée, la hacher finement, la répartir sur les champignons. Laisser cuire à couvert environ 10 minutes. Rectifier l'assaisonnement.
- Déguster froid tel quel, si possible mariné une nuit.

Variante

Remplacer la coriandre par du persil plat.

Langue de veau, sauce gribiche

Ingrédients

1 langue de veau
1 oignon
1 clou de girofle
2 litres de bouillon de bœuf
(cube du commerce) ou d'eau
sel, poivre

Pour la sauce gribiche
3 œufs
1 cuillerée à café de moutarde
25 cl d'huile d'arachide
1 cuillerée à soupe de vinaigre de vin
30 g de cornichons
30 g de câpres
2 cuillerées à soupe de persil plat
600 g de pommes de terre
sel, poivre

Préparation

- Dans un faitout, recouvrir d'eau froide la langue de veau. Porter à ébullition, cuire 10 minutes.
- À l'aide d'une écumoire, retirer la langue. Avec un petit couteau, enlever la peau qui la recouvre.
- Dans une casserole, immerger la langue dans le bouillon de bœuf. Porter à ébullition. Ajouter l'oignon piqué du clou de girofle, le sel, le poivre. Laisser cuire à petits bouillottements 1 bonne heure.

- Faire cuire les œufs durs. Les écaler sous un filet d'eau froide.
- Dans un saladier, piler les jaunes. Introduire la moutarde, le sel, le poivre. Mélanger jusqu'à obtention d'une pâte lisse.
- Incorporer doucement l'huile en fouettant comme s'il s'agissait d'une mayonnaise. Verser le vinaigre, et compléter avec le persil, les cornichons et les câpres finement hachés, les blancs d'œufs coupés en petits bâtonnets.
- Débiter la langue de veau en tranches de 1 cm d'épaisseur. Servir la sauce à part. Manger avec des pommes de terre cuites à la vapeur, écrasées dans l'assiette avec un peu de beurre frais.
- *Nota :* le bouillon fera un excellent potage.

Attention

Prendre la précaution de sortir à l'avance les œufs du réfrigérateur, afin d'éviter qu'une fois plongés dans l'eau bouillante la copule ne se fêle. Faute de temps, dans l'obligation d'utiliser les œufs dès la sortie du réfrigérateur, il est impératif de commencer la cuisson à l'eau froide. Il faut savoir qu'un œuf est cuit dur au bout de 10 minutes, qu'après 7 minutes, le jaune est encore moelleux.

Meringues

Ingrédients

3 blancs d'œufs

1 pincée de sel

150 g de sucre en poudre

1 cuillerée de beurre

sucre glace

Préparation

- Les blancs d'œufs doivent être à la température de la pièce.
- Ajouter aux blancs d'œufs une pincée de sel. Monter les blancs en neige avec un robot électrique, vitesse lente, ils doivent s'oxy-

géner. Incorporer le sucre, cuiller après cuiller. Augmenter la vitesse et verser le sucre restant. Les blancs doivent être très fermes.
- Recouvrir d'un papier sulfurisé la plaque à pâtisserie. Le beurrer avec un pinceau. Avec une cuiller à soupe, déposer des petits tas de blancs d'œufs, en prenant soin de laisser un espace entre eux, les meringues vont gonfler. Il est préférable de se servir d'une poche et d'une douille à pâtisserie.
- Saupoudrer les blancs d'œufs avec du sucre glace.
- Préchauffer le four à 130 °C (thermostat 4). Enfourner la plaque.
- La meringue doit sécher plutôt que cuire. Elle ne doit pas prendre de couleur.
- Après 1 heure 30, éteindre le four et laisser les meringues finir de sécher.

Variante

Servir les meringues avec de la crème Chantilly ou de la crème pâtissière peu sucrée.

Crème Chantilly

༺༻

Ingrédients

200 g de crème fraîche liquide

50 g de sucre glace

1/2 sachet de sucre vanillé

Préparation

- Fouetter la crème – elle doit être très froide et liquide (si nécessaire l'allonger avec un peu de lait). Incorporer le sucre glace et le sucre vanillé.

Omelette paysanne aux lardons, champignons, fromage

✂

Ingrédients

6 œufs extra-frais

1 cuillerée à soupe de beurre
+ 1 autre cuillerée

1 cuillerée à soupe d'huile

2 cuillerées à soupe de lait

50 g de fromage râpé
(ou en petits dés)

150 g de pommes de terre cuites à la vapeur,
en robe des champs

100 g de poitrine de porc fumé

100 g de champignons

1/2 cuillerée à café de sel fin

2 tours de moulin à poivre

Préparation

- Choisir une poêle en fonte ou recouverte de Téflon. Si elle n'est pas suffisamment grande, faire 2 omelettes l'une après l'autre.
- Casser les œufs dans un saladier, les battre énergiquement avec le lait à l'aide d'un petit fouet. Incorporer le fromage, compléter, juste avant de verser les œufs dans la poêle, avec le sel et le poivre.
- Couper la poitrine fumée en petits lardons, les faire blanchir 3 minutes à l'eau bouillante, égoutter, rissoler dans une poêle.
- Retirer la peau des pommes de terre. Couper de belles tranches de 5 mm d'épaisseur.
- Laver les champignons et les émincer finement. Retirer les lar-

dons en conservant le gras de cuisson, ajouter les champignons, les faire rissoler à feu vif puis ajouer les pommes de terre, les dorer sur les deux faces.
- Dans la poêle, chauffer sur feu vif l'huile et la cuillerée de beurre. Dès qu'ils prennent une couleur noisette, verser les œufs battus et laisser prendre.
- Remuer avec une fourchette : ramener les œufs d'avant en arrière et d'arrière en avant. Lorsqu'ils commencent à se solidifier, donner à la poêle un mouvement d'avant en arrière pour éviter qu'ils n'attachent.
- Répartir sur une des moitiés de l'omelette les lardons, les champignons et les pommes de terre.
- À l'aide d'une spatule ou de deux fourchettes, plier l'omelette.
- Ajouter alors l'autre cuillerée de beurre dans la poêle, laisser fondre et faire glisser l'omelette dans le plat de service.
- Le dessous doit être bien doré et l'intérieur moelleux, à la limite du baveux.
- Servir aussitôt avec une belle salade.

Quatre-quarts aux pommes

Ingrédients

250 g de farine
250 g de beurre
250 g de sucre semoule
4 gros œufs
1 sachet de levure
2 belles pommes

Préparation

- Préchauffer le four à 200 °C (thermostat 7).
- Battre avec le fouet ou au mixeur le beurre en pommade et le sucre. Sans cesser de battre, ajouter les œufs un à un.
- Lorsque le mélange est bien mousseux, verser la farine en pluie et la levure.
- Éplucher les pommes, les couper en gros morceaux, les mélanger à la pâte.
- Verser la préparation dans un moule à cake beurré.
- Avant de mettre au four, tremper le manche d'une cuiller dans l'eau froide et inciser le gâteau sur 12 cm de longueur et 2 cm de profondeur pour éviter qu'il ne se bosselle en cuisant.
- Enfourner. Après 5 minutes, réduire la chaleur du four à 180 °C (thermostat 6) et poursuivre la cuisson pendant 1 heure 15 environ.

Variante
Remplacer les pommes par d'autres fruits de saison, poires, abricots, etc.

Sur le marché de Libourne

Déjeuner
Poulet au curry
Pain perdu au miel

ೞ

Dîner
Salade de chou-fleur vinaigrette
Tourte au fromage
Sablés à la confiture de fruits

Produits	Prix au kg	Quantité	Francs	Euros
Poulet	32,00 F	1,300 kg	41,60 F	6,34 €
Oignons	8,00 F	2	1,60 F	0,24 €
Crème		20 cl	4,26 F	0,65 €
Lait entier		1 litre	4,92 F	0,75 €
Œufs 1 F pièce		15	15,00 F	2,29 €
Chou-fleur		1	8,00 F	1,22 €
Fromage râpé	38,00 F	80 g	3,04 F	0,46 €
Morceau de comté	43,00 F	50 g	2,15 F	0,33 €
Citron	9,90 F	1	1,19 F	0,18 €
Total			81,76 F	12,46 €

Prix relevés sur le marché de Libourne.

Commentaires

La qualité de la **farine** dépend de celle du blé et du talent du meunier. Ce couple est indissociable. Ils ont l'un et l'autre une responsabilité dans la réussite de vos pâtisseries.

Le blé est une céréale que nous connaissons bien car presque toutes les régions françaises en produisent. Elle n'est pas capricieuse, s'adapte à des sols et à des climats variés, mais manifeste quelques exigences et même des préférences. Le climat tempéré est celui qui lui convient le mieux ; une humidité moyenne lui suffit car ses besoins ne manifestent aucun excès ; une terre riche en argile, alluvions et limon, bien préparée avant les semailles, est idéale.

Nous cultivons deux types de blé : le blé tendre, dont l'amande farineuse donne la farine indispensable à nos pâtisseries, et le blé dur, dont l'amande fibreuse entre dans la fabrication des pâtes alimentaires.

Le grain de blé est complexe ; il se compose de trois parties essentielles : les enveloppes qui protègent la graine et donnent le son après le travail du meunier ; le germe qui donne naissance à d'autres blés s'il est semé, et l'amande, constituée d'un ensemble de cellules renfermant les grains d'amidon réunis entre eux par une sorte de ciment naturel, le gluten ; l'amande donne la farine.

Pour obtenir la farine idéale, il faut que les grains soient d'abord nettoyés, puis broyés. Le résultat de cette première opération s'appelle la « mouture », combinaison de farine, son et semoule, qui circule au travers de tamis successifs qui séparent d'abord la farine et les sons, ensuite le son des semoules, particules de farine encore compactes. Ces opérations de récupération de la farine au travers de tamis peuvent être recommencées de 3 à 10 fois, selon les moulins, l'objectif étant d'obtenir la farine la plus blanche.

Les différentes farines disponibles sur le marché sont numérotées en fonction de leur pourcentage résiduel de cendres (sels minéraux). La farine la plus courante, de type 55, est utilisée par la boulangerie, celle de type 65 essentiellement pour la biscuiterie, celle de type 80 pour les pains spéciaux. La farine complète, non tamisée, est de type 150. La farine de type 45 est recommandée en pâtisserie. C'est la plus courante. Le top du top, pour « pâtisser » est la farine « fleur » (taux de résidus = 0). Contrairement à ce qu'on imagine, elle se conserve mal. Détestant l'humidité, il faut lui imposer un récipient aussi hermétique que possible et un endroit sec, sinon les ténébrions, petits vers de farine, s'y roulent avec délice. On comprend pourquoi la farine s'achète en petites quantités, il faut toujours vérifier la date limite de consommation.

Une farine trop longtemps en rayon, même dans un sac en papier isolant, rancit et s'acidifie. Une farine trop vieille ne permet pas les meilleurs résultats en pâtisserie.

Poulet au curry

Ingrédients

1 poulet de 1,2 kg à 1,4 kg
coupé en 8 morceaux par le volailler

2 gros oignons blancs

1 cuillerée à soupe d'huile d'arachide

1 cuillerée à soupe de beurre

180 g (18 cl) de crème fraîche

1 cuillerée à café de très bon curry

4 à 5 cuillerées à soupe de bouillon frais
(ou cube de commerce)

sel, poivre

Préparation

- Dans une cocotte, faire chauffer l'huile et le beurre. Ajouter les morceaux de poulet salés et poivrés. Laisser cuire à couvert à petit feu durant 15 à 20 minutes.

- Retirer le poulet, le réserver au four à 30 °C (thermostat 1) dans un plat à gratin recouvert de papier aluminium.
- Dans la cocotte, laisser fondre 15 à 20 minutes les oignons finement émincés, jusqu'à ce qu'ils soient transparents. Remettre les morceaux de volaille dans la cocotte et arroser avec le bouillon de volaille. Laisser bouillotter 15 minutes.
- Dans une casserole, porter la crème à ébullition avec le curry, le sel et le poivre, pendant 3 minutes. Verser dans la cocotte et poursuivre les bouillottements environ 10 minutes.
- Disposer les morceaux de poulet égouttés dans le plat de service et réserver au chaud.
- Rectifier l'assaisonnement de la sauce, en napper le poulet à travers une passoire fine.

Nota : Servir avec du riz ou des champignons sautés. On peut décorer avec une poignée de raisins noirs de Smyrne.

Pain perdu au miel

Ingrédients

20 tranches de pain (baguette rassise)

1 verre de lait

1 sachet de sucre vanillé

3 œufs entiers

150 g de beurre (demi-sel de préférence)

2 cuillerées à soupe d'huile d'arachide ou de tournesol

2 cuillerées à soupe de miel

sucre semoule pour saupoudrer + 1 cuillerée à soupe

Préparation

- Le puriste utilise du beurre clarifié. On peut le remplacer par du beurre frais demi-sel, qu'on prendra soin de mélanger avec 1 cuillerée d'huile d'arachide ou de tournesol.

- Porter le lait à ébullition avec le miel et le sucre vanillé. Laisser infuser et refroidir.
- Couper des tranches de pain de 1 cm d'épaisseur, les ranger dans un plat creux. Les arroser avec le lait.
- Battre les œufs en omelette avec 1 cuillerée à soupe de sucre semoule. Mettre dans une poêle assez large 75 g de beurre et 1 cuillerée à soupe d'huile.
- À l'aide d'une fourchette, tremper une par une dans les œufs battus les tranches de pain retirées du lait. Les déposer dans le beurre bien chaud, les faire dorer sur les deux faces. Les saupoudrer de sucre et les manger aussitôt.
- Recommencer la même opération avec le reste de beurre et d'huile.
- *Nota :* ce plat se prépare aussi avec des tranches de pain de mie, de brioche, de pain de campagne ou de pains dits « spéciaux ».

Salade de chou-fleur vinaigrette

Ingrédients

1 petit chou-fleur bien blanc et ferme
Bicarbonate de soude
1 cuillerée à soupe de gros sel
100 g de vinaigrette :
1 cuillerée à café de moutarde
5 cuillerées à soupe d'huile
2 cuillerées à soupe de vinaigre de vin
1 pincée de sel, poivre
1 cuillerée à café rase de curry en poudre (facultatif)

Préparation

- Couper la base verte du chou-fleur. Séparer les bouquets. Les passer sous l'eau froide, les égoutter.

- Dans un faitout, porter à ébullition 3 litres d'eau additionnée de gros sel et d'une pointe de couteau de bicarbonate de soude. Plonger les bouquets. Cuire à feu vif sans couvrir 10 bonnes minutes.
- Avec une écumoire, retirer les bouquets et les rafraîchir dans un grand saladier d'eau froide.
- Les égoutter, les ranger dans un plat creux, les poudrer de curry.
- Préparer la vinaigrette dans un bol avec la moutarde, le sel, le poivre, le vinaigre et l'huile. Mélanger au fouet. Verser sur les bouquets de chou-fleur.
- Réserver, recouvert d'un film alimentaire, 1 heure au réfrigérateur avant de servir, pour que le chou-fleur s'imprègne.

Variante

Remplacer le chou-fleur par des brocolis ou faire un mélange des deux. En saison, décorer avec un peu de ciboulette ou de persil plat coupés aux ciseaux.

Tourte au fromage

Ingrédients

400 g de pâte feuilletée
ou de pâte brisée

50 cl de lait

25 g de Maïzena

50 g de beurre

3 jaunes d'œufs

80 g d'emmenthal, beaufort
ou comté râpé

50 g de comté coupé en dés

1 pincée de noix muscade râpée

sel, poivre

Préparation

- Préchauffer le four à 200 °C (thermostat 7).
- Dans une casserole à fond épais, mélanger le lait et la Maïzena, le beurre coupé en petits morceaux, le fromage râpé, 2 jaunes d'œufs, une pincée de sel, trois tours de moulin à poivre, la noix muscade. Porter à ébullition sans cesser de remuer.
- Rectifier l'assaisonnement.
- Laisser refroidir, ajouter le comté coupé en dés.
- Abaisser la pâte (feuilletée ou brisée) sur 3 ou 4 mm d'épaisseur. Lui donner la forme d'un rectangle. Avec un pinceau trempé dans l'eau, mouiller le pourtour sur 1,5 cm environ. Verser la préparation lait/fromage râpé sur la moitié de la pâte.
- Rabattre l'autre moitié sur le mélange.
- Appuyer sur les bords humides pour bien les souder.
- Déposer la pâte sur la plaque de cuisson du four.
- Délayer le jaune d'œuf restant avec 1 cuillerée à café d'eau et une pincée de sel. Avec un pinceau, en badigeonner la pâte. Avec la pointe d'un couteau, dessiner des losanges et creuser au centre une cheminée.
- Mettre au four 1 petite heure. À mi-cuisson, vérifier que la pâte ne se colore pas trop. Couvrir avec une feuille de papier aluminium, si nécessaire.
- Cette tourte se sert bien chaude, avec une salade croquante, éventuellement aillée.
- **Nota :** la tourte peut se faire à l'avance et se réchauffer 20 minutes au four, à 150 °C (thermostat 5).

Sablés à la confiture de fruits

ᘒᐢ

Ingrédients

250 g de farine

85 g de sucre cristallisé

170 g de beurre

1 jaune d'œuf

10 cm de ruban de zeste de citron

1 pot de confiture d'abricots
ou de framboises

sucre glace

1 pincée de sel fin

Préparation

- Faire blanchir le zeste de citron finement haché pendant 3 minutes dans une casserole d'eau bouillante, puis le rafraîchir sous l'eau froide dans une passoire.
- Dans un saladier, travailler la farine avec le beurre coupé en morceaux. Ajouter le sucre, le sel, les zestes hachés et, enfin, le jaune d'œuf.
- Façonner la pâte en boule, la couvrir d'un linge ou d'un film alimentaire. Laisser reposer au frais.
- Préchauffer le four à 180 °C (thermostat 6).
- Sur le plan de travail fariné, abaisser la pâte sur 3 mm d'épaisseur à l'aide d'un rouleau à pâtisserie.
- Découper à l'emporte-pièce (ou avec un verre) 12 rondelles de 8 cm de diamètre. Les déposer au fur et à mesure sur la plaque du four recouverte de papier sulfurisé. Avec un emporte-pièce ou un verre de 5 cm de diamètre, évider 6 de ces rondelles afin d'obtenir des anneaux. Les chutes de pâte serviront à faire des petits sablés nature.

- Mettre les sablés au four 15 minutes et les laisser refroidir sur la plaque.
- Tartiner de confiture le fond des sablés. Déposer les anneaux saupoudrés de sucre glace. Garnir le centre de chaque sablé avec 1/2 cuillerée à café de confiture.
- *Nota :* on peut varier à loisir l'aspect des sablés : ovales, rectangulaires, petits ou grands, à lunettes – avec deux trous –, en forme d'animaux...

Sur le marché de Châteaudun

Déjeuner
Lasagnes à la bolognaise
Tarte à l'orange

∽

Dîner
Terrine de harengs marinés aux aromates
pommes vapeur
Salade verte
Omelette au sucre

Produits	Prix au kg	Quantité	Francs	Euros
Collier de bœuf	49,00 F	500 g	24,50 F	3,74 €
Carottes	5,10 F	2	1,02 F	0,16 €
Oignons	8,00 F	3	2,40 F	0,37 €
Céleri branche		1 branche	1,00 F	0,15 €
Lait entier		1 litre	4,92 F	0,75 €
Hareng doux	47,25 F	400 g	18,90 F	2,88 €
Citron jaune	9,90 F	1	1,19 F	0,18 €
Pomme acidulée	14,00 F	1	1,40 F	0,21 €
Pommes de terre	7,00 F	600 g	4,20 F	0,64 €
Salade		1	4,00 F	0,61 €
Œufs	1 F pièce	12	12,00 F	1,83 €
Fromage râpé	37,00 F	100 g	3,70 F	0,56 €
Oranges	8,00 F	3	2,88 F	0,44 €
Total			82,11 F	12,52 €

Prix relevés sur le marché de Châteaudun.

Commentaires

Selon leur fraîcheur, les **œufs** sont répartis en trois catégories grâce à des machines à mirer qui mesurent le volume de leur chambre à air. Située au sommet arrondi de l'œuf, entre la membrane et la coquille, la chambre à air se dilate à mesure que l'œuf vieillit. Les œufs appartenant à la catégorie A sont réservés à la consommation de table, la catégorie B à l'industrie alimentaire ; la lettre C indique que les œufs sont impropres à la consommation humaine. La fraîcheur des œufs vendus en vrac est incontrôlable, sauf quand les œufs portent une inscription à l'encre alimentaire. L'étiquetage comporte plusieurs mentions obligatoires comme le numéro du centre d'emballage. Les mentions *œufs coque*, *œufs du jour*, *œufs fermiers*, *nouvelle ponte*, *choisis* et *garantis*, sont aussi illégales qu'interdites.

> 🐾 *Mercredi est le jour des enfants. Prévoir à leur intention des sucres lents en vue de leurs exploits sportifs, afin qu'ils ne s'épuisent pas trop.*

Sachez reconnaître les œufs qui vous sont proposés en examinant soigneusement le conditionnement et les étiquettes.

Extra-frais : l'emballage intervient dans les 24 heures suivant la ponte. La date de conditionnement doit être inscrite sur une bande rouge collée sur l'emballage. *Frais* : l'œuf *extra-frais* se transforme, 7 jours après la date de conditionnement, en œuf *frais*. L'étiquette rouge portant la mention *extra* doit être retirée par le commerçant. Quatre semaines après la date de conditionnement indiquée sur l'étiquette, l'œuf est déclassé et retiré de la vente.

Les œufs *extra-frais* se conservent sans problème, la pointe vers le bas, durant trois semaines, dans la partie la moins froide du réfrigérateur, généralement la porte. L'œuf *extra-frais* peut être mangé à la coque.

Il est préférable d'isoler les œufs des fruits, des poissons ou autres aliments odorants. Un œuf dur se conserve au réfrigérateur 4 jours non écalé et 2 jours débarrassé de sa coquille. Le blanc cru ne se conserve que 12 heures, le jaune, 24 heures. Attention, un œuf entier mis au congélateur explose, alors que, battu, il peut se conserver sans problème.

Pour contrôler la fraîcheur d'un œuf, le meilleur moyen est de le mirer en le plaçant devant une source de lumière blanche. Deux indices sûrs : la taille réduite de la chambre à air (moins de 4 mm) et la position centrale du jaune. Un autre moyen efficace consiste à plonger l'œuf dans de l'eau très salée (120 g par litre). L'œuf *extra-frais* reste au fond du récipient, le *frais* reste immergé entre deux eaux, tandis que l'œuf inconsommable flotte. On peut aussi le casser sur une assiette plate : si le jaune est bien bombé, centré sur un blanc transparent qui ne s'étale pas, il est très frais.

Lasagnes à la bolognaise

Ingrédients

250 g de feuilles de lasagnes du commerce
(sous vide par exemple)

1 boîte de 150 g de coulis de tomates

100 g de fromage râpé

Pour la sauce bolognaise

500 g de collier de bœuf
haché (grille moyenne) par le boucher

1 carotte

1 oignon

10 cm d'une branche de céleri

1 verre de vin blanc sec

25 cl de bouillon du commerce

1 cuillerée à café de concentré de tomates

2 cuillerées à soupe d'huile
30 g de beurre
sel, poivre

Pour la sauce béchamel
50 cl de lait
20 g de beurre
20 g de farine
1 pointe de couteau de noix muscade râpée
sel, poivre

Préparation

- Éplucher la carotte, l'oignon et le céleri, les laver, les tronçonner en petits morceaux ou les passer au mixeur. Chauffer dans une cocotte à fond épais l'huile et le beurre, y laisser suer les légumes, à couvert, 5 bonnes minutes. Ajouter le bœuf haché, faire rissoler encore 5 minutes à feu moyen. Verser le vin blanc. Faire réduire un peu avant d'incorporer le bouillon délayé avec le concentré de tomates. Saler et poivrer. Cuire à découvert 1 heure. Remuer quelquefois avec une cuiller en bois, tout le liquide doit s'évaporer, la sauce bolognaise, onctueuse, sera liée naturellement.
- Pour la béchamel, réunir dans une casserole le lait, le beurre coupé en morceaux, la farine, la muscade. Remuer au fouet jusqu'à ébullition. Saler, poivrer. Réserver.
- Dans le fond d'un plat à gratin mettre 2 cuillerées à soupe de coulis de tomates. Poser une première couche de feuilles de lasagnes.
- Mélanger la sauce bolognaise avec ce qui reste du coulis de tomates, la moitié de la béchamel et 60 g de fromage râpé. Étaler sur la pâte.
- Recouvrir d'une seconde couche de pâte.
- Verser le reste de sauce bolognaise/sauce béchamel.
- Terminer par une troisième couche de lasagnes.
- Recouvrir toute la surface avec l'autre moitié de sauce béchamel. Répartir les 40 g de fromage râpé.

- Mettre le plat dans le four préchauffé à 150 °C (thermostat 5) pendant 40 minutes. Le dessus doit être doré et croustillant.
- *Nota :* ces lasagnes peuvent se préparer à l'avance – soit les enfourner juste avant de les servir, soit, si elles sont déjà cuites, les réchauffer au four au bain-marie, en prenant soin de les recouvrir d'une feuille de papier aluminium.

Ustensiles

Utiliser un plat d'environ 24 cm de long, 18 de large et 4 ou 5 cm de haut.

Tarte à l'orange

Ingrédients

300 g de pâte sablée (voir recette p. 80)

4 œufs

100 g de beurre + 1 noisette pour le moule

100 g de sucre semoule

3 oranges

Préparation

- Préchauffer le four à 220 °C (thermostat 7).
- Étaler la pâte, la déposer dans un moule beurré. Piquer le fond avec une fourchette. Le recouvrir de papier sulfurisé et de légumes secs. Mettre au four 15 minutes.
- Sortir la tarte, la débarrasser des légumes secs et du papier sulfurisé.
- Passer les oranges sous l'eau, les sécher. Prélever avec l'économe le zeste de 2 d'entre elles. Passer les zestes au mixeur. Mettre la purée obtenue dans une casserole, couvrir d'eau froide.
- À ébullition, vider l'eau, mais garder la purée dans la casserole.
- Ajouter 1 cuillerée à soupe de sucre, un peu d'eau et laisser cuire à petit feu, jusqu'à ce que les zestes soient confits et brillants.

- Dans une petite casserole, travailler le beurre en pommade, le reste du sucre et les œufs. Lorsque la pâte est lisse, ajouter le jus des oranges.
- Chauffer la casserole au bain-marie pendant 20 minutes, en remuant régulièrement.
- Égoutter les zestes d'oranges et les incorporer.
- Débarrasser sur le fond de tarte et mettre au four 15 minutes.
- Servir froid.

Terrine de harengs marinés aux aromates, pommes vapeur

Ingrédients

400 g de filets de harengs doux

70 g de carottes

2 oignons jaunes

2 branches de thym

2 feuilles de laurier

1 citron jaune

1 petite pomme fruit acidulée (Granny Smith)

20 cl d'huile (tournesol ou soja)

600 g de pommes de terre (Roseval, BF15...)

1 verre de lait

Préparation

- Faire dégorger environ 2 heures les harengs dans une assiette où vous aurez versé 1 verre de lait. Les égoutter et les rincer à l'eau froide. Les éponger sur un linge de cuisine. Les couper en deux.

- Éplucher les carottes et les oignons. Les débiter finement en rondelles de 2 à 3 cm d'épaisseur.
- Laver la pomme, la détailler en 8 quartiers. Retirer le trognon. L'émincer en tranches fines.
- À l'aide de l'épluche-légumes, enlever la peau du citron, émincer la chair comme celle de la pomme.
- Dans une petite terrine haute, ranger par couches successives les harengs, les légumes, la pomme et le citron. Ajouter le thym et le laurier. Recouvrir avec l'huile. Laisser mariner au moins 48 heures au réfrigérateur.
- Peler les pommes de terre. Les cuire à la vapeur.
- Servir les harengs dans la terrine. Arroser les pommes de terre chaudes d'un peu d'huile, ainsi que d'un filet de vinaigre de vin. Couvrir avec les fruits et les légumes.

Nota : il est préférable de ne pas prendre les harengs avec les doigts, mais avec des ustensiles de cuisine, pour éviter le développement de bactéries dans la marinade. La préparation peut se conserver une semaine au réfrigérateur et l'huile restante être utilisée pour cuire un poisson.

Omelette au sucre

Ingrédients

7 œufs entiers
3 cuillerées à soupe de sucre semoule
3 cuillerées à soupe de lait
2 cuillerées à soupe de beurre
4 cuillerées à soupe de confiture, marmelade ou gelée de fruits
sucre glace
1 verre à liqueur de rhum ou de Grand Marnier
1 cuillerée à café d'alcool à 90° (facultatif)
1 pincée de sel

Préparation

- Battre les œufs avec une pincée de sel fin, le lait et le sucre. Cuire l'omelette dans le beurre très chaud.
- La faire glisser sur un linge de cuisine bien propre, la tartiner avec la confiture de son choix. Rouler et déposer sur un plat. Saupoudrer de sucre glace avec une passoire fine ou une poudreuse.
- Allumer le gril du four. Passer l'omelette sous le gril, 3 minutes au maximum, pour caraméliser le sucre.

Variante

On peut flamber l'omelette. Il faut alors chauffer, sans faire bouillir, le rhum ou le Grand Marnier avec l'alcool à 90° pour entretenir la flamme plus longtemps. Arroser l'omelette avec le liquide chaud et craquer une allumette.

Sur le marché d'Angers

Déjeuner
Darne de cabillaud poêlée
fondue d'endives à la crème
Gâteau aux poires

ᛠ

Dîner
Pâté de campagne
Salade verte
Soufflé à la confiture

Produits	Prix au kg	Quantité	Francs	Euros
Darne cabillaud	65,00 F	520 g	33,80 F	5,15 €
Endives	16,60 F	500 g	8,30 F	1,27 €
Crème fraîche		20 cl	4,26 F	0,65 €
Gorge de porc	43,70 F	500 g	21,85 F	3,33 €
Foie de porc	38,00 F	200 g	7,60 F	1,16 €
Salade		1	4,00 F	0,61 €
Echalotes	12,40 F	2	0,62 F	0,09 €
Œufs1 F pièce		9	9,00 F	1,37 €
Crépine		150 g	2,00 F	0,30 €
Poires	15,00 F	500 g	7,50 F	1,14 €
Total			98,93 F	15,07 €

Prix relevés sur le marché d'Angers.

Commentaires

On trouve de la morue et du **cabillaud** toute l'année. Le cabillaud frais et entier ne doit pas être en contact direct avec la glace. Le poissonnier le tranche à la commande. On trouve des filets, généralement levés à bord ou en usine, présentés à plat dans une caisse recouverte de papier sulfurisé. Les morceaux destinés à faire des rôtis prêts à cuire devront être entourés d'un film plastique, bardés, ficelés. La morue est présentée entière, salée ou séchée, avec sa peau, ou sous forme de filets entiers, sans la peau. On choisira de préférence de la super-extra-grosse ou de l'extra-grosse, bien ferme mais souple et de couleur blanc-beige.

Le cabillaud est un poisson exquis auquel la cuisson au court-bouillon convient très bien. Il pourra alors, préparé entier ou en tronçons, s'accommoder de toutes les sauces : aux câpres, aux fines herbes, hollandaise, ravigote. On peut également le faire cuire meunière, en filets ou en darnes légèrement farinées au préalable. Pour le four, on choisira les tronçons ou les rôtis. Un peu de vin blanc, une tomate, un oignon, il ne demande rien d'autre qu'une cuisson courte pour éviter que sa chair feuilletée ne se délite.

Avec les œufs de cabillaud pressés, séchés ou salés, on prépare une spécialité grecque, délicieuse et réputée, le tarama. À moins d'être sûr de son traiteur, on peut le réaliser soi-même, la recette est simplissime.

✿ *Le tarama*
Placer 250 g d'œufs de cabillaud et 1 cuillerée à soupe de crème fraîche dans un robot et le faire tourner par impulsion en y ajoutant petit à petit, comme pour une mayonnaise, 15 à 20 cl d'huile d'olive. Ne pas mixer trop longtemps ou trop vite, pour éviter l'amertume. Compléter avec quelques gouttes de jus de citron pour atténuer la sensation grasse donnée par l'huile. Consommer dans la journée.

La morue autorise de multiples préparations, mais elle exige d'être soigneusement dessalée. Il faudra la placer, coupée en morceaux, d'abord dans une passoire sur pieds plongée dans une bassine d'eau fraîche, pour que le sel, en fondant, se dépose dans le fond, sinon la morue continuerait à baigner dans l'eau salée. La morue doit tremper 24 heures dans quatre ou cinq eaux différentes, la solution idéale étant de la laisser tremper sous un filet d'eau. Avant de la mettre à dessaler, il faut récupérer le sel répandu sur la morue, il donnera un goût exquis aux vinaigrettes et aux pommes de terre qui accompagnent les poissons cuits à la vapeur. Pour conserver ce sel, on le fait sécher sur la lèchefrite du four, recouvert de papier d'aluminium. Il perd ainsi son humidité. La morue est délicieuse frite, avec un beurre fondu, en brandade ou sous forme d'accras. Il est également amusant de la préparer selon les recettes traditionnelles basques, portugaises, espagnoles ou camarguaises.

Darne de cabillaud poêlée, fondue d'endives à la crème

ᄋᐯᄋ

Ingrédients

4 darnes de cabillaud (environ 130 g chacune)
2 cuillerées à soupe de farine
2 cuillerées à soupe d'huile
4 belles endives
2 cuillerées à soupe de beurre
2 cuillerées à soupe de crème fraîche
sel, poivre

Préparation

- Essuyer les endives dans un linge, supprimer les trognons. Les couper en tronçons de 2 ou 3 cm. Séparer toutes les feuilles.
- Chauffer dans une poêle en Téflon 2 cuillerées de beurre. Lorsqu'il devient noisette, faire cuire les endives à bon feu jusqu'à évaporation complète du jus de végétation. Ajouter la crème, le sel et le poivre. Laisser cuire 6 à 7 minutes. Réserver.
- Fariner les darnes sur chaque face, sans oublier de secouer pour ôter l'excédent. Saler et poivrer.
- Dans une poêle, verser l'huile et laisser dorer les darnes 3 à 4 minutes. Les retourner avec une spatule, poursuivre la cuisson 3 à 4 minutes.
- Répartir la fondue d'endives dans le plat de service, y déposer les darnes bien dorées.

Variante

Remplacer les darnes de cabillaud par des filets de cabillaud ou des darnes de congre.

Gâteau aux poires

Ingrédients

500 g de poires

150 g de farine

2 œufs

75 g de sucre

1/2 sachet de levure chimique

1/2 yaourt nature

50 g de beurre très mou
+ 10 g pour le moule

1/2 pincée de sel

Préparation

- Préchauffer le four à 200 °C (thermostat 6/7).
- Dans un saladier, bien mélanger la farine et la levure, puis le sucre, les 2 jaunes d'œufs, le yaourt et le beurre. Battre les 2 blancs d'œufs, avec une pincée de sel, en neige bien ferme. Les incorporer délicatement au contenu du saladier.
- Peler et ôter le cœur des poires. Les couper en 8 et les ajouter à la préparation précédente. Verser dans un moule beurré et mettre au four 15 minutes.
- Réduire la température à 160 °C (thermostat 5) et poursuivre la cuisson 15 minutes.
- Démouler le gâteau tiède sur une grille. Le servir froid ou légèrement tiède.

Pâté de campagne

Ingrédients

500 g de gorge fraîche de porc découenné
200 g de foie de porc frais
2 belles échalotes grises
3 cuillerées à soupe de persil haché
1/2 verre à moutarde de vin blanc sec
2 œufs
150 g de crépine de porc
3/4 de cuillerée à café de sel
poivre du moulin

Préparation

- Hacher, ou faire hacher (grosse grille) par le charcutier, la gorge et le foie.
- Émincer finement les échalotes et les laisser mariner 30 minutes dans le vin blanc.

- Mélanger le porc et le foie hachés, le vin blanc, les échalotes, le persil, les œufs, le sel et le poivre.
- Préchauffer le four à 250 °C (thermostat 8).
- Garnir un plat à gratin avec la crépine qui doit déborder tout autour. Déposer la farce et replier la crépine.
- Enfourner le plat pour 10 minutes sur la lèchefrite, puis verser un peu d'eau dans la lèchefrite. Réduire la chaleur à 200 °C (thermostat 6/7). Poursuivre la cuisson environ 1 heure. Le pâté doit se recouvrir d'une légère croûte dorée.
- Laisser refroidir.
- Pas de précipitation, attendre au moins 3 jours avant de déguster sur de larges tranches de pain croustillantes, moelleuses à l'extérieur et fondantes à l'intérieur avec, éventuellement, des cornichons et des condiments.
- *Nota :* on peut conserver un pâté entamé dans le réfrigérateur 3 à 4 jours, la coupe protégée par un film alimentaire.

Soufflé à la confiture

Ingrédients

5 blancs d'œufs

1 pincée de sel

250 g de confiture (fraises, framboises, abricots...)

30 g de beurre (pour le moule)

2 cuillerées à soupe de sucre semoule

Préparation

- Préchauffer le four à 160 °C (thermostat 5/6).
- Faire fondre le beurre dans une petite casserole. À l'aide d'un pinceau, en enduire complètement un moule à soufflé d'une contenance de 1,5 à 2 litres, ou des petits moules individuels. Saupoudrer de sucre semoule le fond du moule beurré et les parois. Mettre au réfrigérateur. Renouveler l'opération 1 ou 2 fois, le soufflé montera mieux.
- Dans une casserole, porter la confiture à ébullition.
- Battre – toujours à l'aide du fouet – les blancs en neige avec, au départ 1 pincée de sel fin, puis, lorsqu'ils sont déjà bien fermes, la confiture bouillante.
- Remplir le moule (ou les moules) à soufflé et mettre au four : 20 minutes pour un grand moule, 15 minutes pour des petits.

Variante

C'est délicieux avec de la confiture de framboises.

Une fois cuits et avant qu'ils refroidissent, on peut soit les congeler, soit les réserver au réfrigérateur.

Sur le même principe, on peut faire une bûche de Noël en utilisant un moule à cake pour cuire l'appareil à soufflé et en le recouvrant ensuite d'amandes effilées. Servir alors avec une crème anglaise.

Sur le marché
de Paris, avenue Rapp

---•◆•---

Déjeuner
Œufs cocotte au beurre
Pintade « grand-mère »

ఞ

Dîner
Bisque d'étrilles
Risotto aux champignons
Tarte aux pommes alsacienne

Produits	Prix au kg	Quantité	Francs	Euros
Œufs	1 F pièce	8	8,00 F	1,22 €
Pintade	38,90 F	1 kg	38,90 F	5,93 €
Pomme fruit	12,00 F	1	1,44 F	0,22 €
Petits oignons	11,40 F	300 g	3,42 F	0,52 €
Champignons de Paris	27,56 F	400 g	11,02 F	1,68 €
Poitrine fumée 1/2 sel	41,18 F	125 g	5,14 F	0,78 €
Etrilles	20,00 F	1,5 kg	30,00 F	4,57 €
Oignon blanc	8,00 F	1	0,80 F	0,12 €
Echalotes	11,60 F	2	0,58 F	0,09 €
Tomates	17,00 F	3	5,10 F	0,78 €
Riz à risotto	14,80 F	250 g	3,70 F	0,56 €
Oignon	8,00 F	1	0,80 F	0,12 €
Pommes	12,00 F	3	3,60 F	0,55 €
Carotte	5,20 F	1	0,52 F	0,08 €
Total			113,02 F	17,22 €

Prix relevés sur le marché de Paris, avenue Rapp.

Commentaires

La France (70 % du marché) et l'Italie sont les deux seuls pays au monde à produire de la **pintade**. Nous pourrions lancer un criaillement victorieux car la pintade criaille, mais son cri est insupportable. Les éleveurs peuvent être considérés comme des saints, car la pintade n'est pas un animal facile. Elle aime l'espace et quitte la basse-cour sans prévenir. On essaie bien de l'enfermer dans de vastes volières mais elle n'y est pas heureuse. De plus, elle est boulimique et réclame 50 % d'aliments de plus qu'un poulet. Une véritable « emmerdeuse » !

On produit en France 54 300 tonnes de pintades par an, soit 47 millions de têtes : petits élevages traditionnels à la ferme (11 %), label rouge (20 %), appellation d'origine de la Drôme (6 %) et une production standard, élevée au sol (63 %).

• La *pintade standard* est abattue à 80 jours. Elle vit dans des bâtiments qui peuvent atteindre 2 000 m^2 à raison de 16 à 18 sujets au m^2 et son alimentation n'est soumise à aucune norme. Il n'est pas prévu que la pintade standard bénéficie d'un parcours ni d'une volière.

• La *pintade fermière label rouge* est abattue à 94 jours minimum. Elle est élevée dans des bâtiments clairs, de 400 m^2 maximum (13 sujets par m^2 maximum). Dès la sixième semaine, elle peut se promener sur un parcours d'un hectare par bâtiment et s'ébattre dans une volière dont la surface est de 800 m^2. Son alimentation surveillée se compose de 70 % de céréales et ne comporte ni farine ni graisses animales.

• Le *pintadeau de la Drôme* est, avec le poulet de Bresse, la seule appellation d'origine, pour la volaille. Elle est liée au terroir, au climat, au fait que le pintadeau a accès à une volière extérieure ; il est abattu entre 12 et 14 semaines. La demande d'AOC est en cours d'instruction.

L'originalité de la pintade réside dans sa double personnalité : moitié volaille, moitié gibier. Dans certains repas de fête, autrefois, on la faisait passer pour du faisan.

À la vente, les pintades peuvent être présentées : effilées, sans intestin, mais avec le cœur, le gésier, le foie ; prêtes à cuire (PAC), éviscérées, sans intestin, ni cœur, ni gésier, ni foie ; ou encore découpées.

On choisira de préférence une volaille de 1,600 kg à 1,700 kg.

Œufs cocotte au beurre

Ingrédients

1 ou 2 œufs par personne
un peu de beurre mou
sel, poivre

Préparation

- Beurrer le fond et les parois des ramequins. Saler, poivrer.
- Casser un œuf par ramequin. Placer les ramequins dans un plat creux à bord plutôt haut, avec de l'eau bouillante à mi-hauteur. Laisser reprendre l'ébullition de l'eau sur la plaque de cuisson.
- Mettre le plat au four préchauffé à 200 °C (thermostat 6/7). Laisser cuire environ 5 minutes.
- L'œuf est cuit lorsque le blanc forme un voile, protégeant le jaune qui reste ainsi moelleux.
- *Nota :* les œufs cocotte se préparent à la dernière minute, seuls ou accompagnés. Ils cuisent dans des ramequins un peu hauts, genre pots à crème caramel. Il existe des petites cocottes spécialement destinées à ce type de cuisson.

Variante n° 1 : à la crème

- Mettre 1 cuillerée à café de crème double dans le fond du ramequin. Saler, poivrer. Casser l'œuf.
- Faire démarrer la cuisson à l'identique de la recette ci-dessus.

- Après 3 minutes de cuisson au four, ajouter 1 cuillerée à café de crème sur chaque œuf. Saler, poivrer. Poursuivre la cuisson au four pour 3 minutes.

Variante n° 2

- On peut ajouter à la crème des dés de jambon et du gruyère râpé, sans rien changer à la cuisson qui s'effectue également en deux temps. Des asperges pochées et coupées en rondelles agrémentent délicieusement la recette.

Variante n° 3

- Garnir le fond d'un ramequin de coulis de tomates chaud. Casser l'œuf et le recouvrir du reste de coulis chaud. Mettre à four préchauffé à 200 °C (thermostat 6/7), pendant 5 à 6 minutes.

Variante n° 4 : l'œuf cocotte cuit hors du four

- Pas de four, pourquoi se priver d'œuf cocotte ? Tapisser le fond d'une cocotte épaisse avec un journal plié, pour assurer une bonne isolation.
- Poser les ramequins sur le journal, la cocotte remplie d'eau à mi-hauteur des ramequins. L'eau ne doit jamais bouillir, mais seulement frémir. La cuisson s'effectue à couvert. Le temps de cuisson est le même que dans le four.
- Cette méthode permet aux blancs d'œufs de voiler davantage.

Pintade « grand-mère »

Ingrédients

1 pintade fermière de 1 kg avec ses abattis
(cou, ailerons et foie)

1 brindille de thym

2 petits-suisses (ou 1/2 pomme)

2 gousses d'ail

3 belles cuillerées à soupe de beurre

25 petits oignons grelots

200 g de champignons de Paris

1 tranche de poitrine fumée (ou demi-sel)

2 cuillerées à soupe de persil

1 pincée de sucre

sel, poivre

Préparation

- Demander au volailler de bien vouloir barder la pintade.
- Sortir la pintade du réfrigérateur une bonne heure avant la cuisson afin qu'elle se trouve à température ambiante.
- Préchauffer le four à 200 °C (thermostat 6/7).
- Saler et poivrer l'intérieur de la pintade. Ajouter une brindille de thym et les deux petits-suisses (ou la 1/2 pomme coupée en quartiers), pour donner davantage de moelleux.
- Dans un plat à rôtir, réunir les abats, 1 gousse d'ail et 1 cuillerée à soupe de beurre. Poser la pintade sur le côté et enfourner pour 15 minutes.
- Arroser la pintade, la retourner, poursuivre la cuisson 15 minutes. Arroser encore, puis la mettre sur le dos 10 minutes.
- Sortir la pintade et l'emballer dans du papier d'aluminium.
- Pendant la cuisson de la pintade, éplucher les oignons grelots. Les mettre dans une casserole avec 1 cuillerée à soupe de beurre,

du sel, du poivre, 1 pincée de sucre, 1 ou 2 cuillerées à soupe d'eau. Cuire 20 bonnes minutes à feu doux.
- Laver les champignons sous un filet d'eau fraîche. Couper les queues terreuses. Dans une poêle, faire fondre 1 cuillerée à soupe de beurre. Introduire les champignons, entiers ou coupés en quartiers selon leur taille. Saler, poivrer.
- Détailler la poitrine fumée en petits lardons de 5 mm. Les recouvrir d'eau froide dans une casserole. Porter à frémissement, sans bouillir, 5 minutes. Égoutter.
- Mélanger à feu moyen les champignons avec les oignons et les lardons, pendant quelques minutes.
- Retirer le gras du plat de cuisson de la pintade. Déglacer avec 2 verres d'eau, gratter, décoller les sucs. Laisser réduire de moitié.
- Filtrer la sauce. Rectifier l'assaisonnement.
- Découper la pintade, la remettre dans le plat de cuisson. Arroser avec un peu de jus.
- Répartir la garniture « grand-mère ». Remettre au four quelques instants.
- Décorer avec le persil haché juste avant de servir.

Variante

Remplacer les champignons de couche par des champignons sylvestres : girolles ou cèpes. Pourquoi pas en supplément des quartiers de pommes poêlés ?

Bisque d'étrilles

Ingrédients

1,5 kg d'étrilles

1 carotte

1 oignon blanc

1 échalote

2 gousses d'ail

1 bouquet garni

*(thym, laurier, queues de persil, 1 branche de céleri,
1 vert de poireau, 1 branche d'estragon)*

3 tomates bien mûres

1 cuillerée à soupe
de concentré de tomates

1,5 litre d'eau

1 cuillerée à soupe de cognac

1 cuillerée à soupe
de crème fraîche

1 cuillerée à entremets de Maïzena

50 g de beurre

2 cuillerées à soupe d'huile d'olive

croûtons frits

sel, poivre

Préparation

- Chauffer le beurre et l'huile dans une cocotte, ajouter les étrilles bien lavées. Laisser colorer à feu vif jusqu'à ce qu'elles deviennent rouges.
- Ajouter carotte, oignon, échalote et ail coupés en morceaux. Faire cuire 5 minutes en remuant. Compléter avec les tomates, le concentré, le bouquet garni et 1,5 litre d'eau. Saler, poivrer. Laisser cuire 40 minutes, à couvert sur feu doux.
- Filtrer le jus de cuisson.
- Écraser les étrilles pour en exprimer tous les sucs parfumés.
- Délayer la Maïzena avec un peu d'eau froide. Lier la bisque. Hors du feu, ajouter la crème fraîche mélangée avec le cognac. Rectifier l'assaisonnement. Servir avec des croûtons frits.

Risotto aux champignons

Ingrédients

250 g de riz à risotto,
genre *arborio* italien à grains ronds

1 oignon

1/2 verre de vin blanc

2 cuillerées à soupe de beurre

2 cuillerées à soupe d'huile d'olive

1 litre de bouillon de volaille du commerce

200 g de champignons de Paris

sel, poivre

Préparation

- Éplucher et hacher finement l'oignon. Chauffer 1 cuillerée de beurre et 1 cuillerée d'huile d'olive dans une sauteuse, casserole à jupe pas trop haute et plutôt évasée. Ajouter l'oignon. Laisser cuire doucement 5 à 6 minutes. Joindre le riz, bien mélanger avec une cuillère en bois. Lui laisser prendre une couleur nacrée.
- Verser le vin blanc, laisser réduire complètement. Arroser avec la moitié du bouillon. Remuer en permanence, pour éviter que le riz accroche au fond de la sauteuse.
- Lorsque le riz a absorbé tout le bouillon, en ajouter petit à petit. Saler et poivrer.
- Éplucher et laver les champignons, les débiter en quartiers. Réunir dans une poêle 1 cuillerée d'huile d'olive et 1 cuillerée de beurre. Lorsque le mélange a pris une couleur noisette, faire dorer les champignons 5 à 6 minutes.
- Dresser le risotto dans des assiettes creuses et répartir les champignons.

Variante

Servir avec du parmesan râpé.

Tarte aux pommes alsacienne

Ingrédients

350 g de pâte brisée
350 g de pommes
2 cuillerées à soupe de sucre semoule
2 œufs
2 cuillerées à soupe de crème fraîche
2 cuillerées à soupe de confiture d'abricots
2 cuillerées à soupe d'amandes en poudre
1 noisette de beurre pour beurrer le moule

Préparation

- Préchauffer le four à 220 °C (thermostat 7).
- Éplucher les pommes, les couper en 12 quartiers.
- Étaler la pâte. Garnir le moule beurré. Piquer le fond avec une fourchette.
- Étaler la confiture d'abricots sur le fond de pâte puis ranger soigneusement les quartiers de pommes.
- Mettre au four 20 minutes.
- Dans un bol, battre les œufs en omelette, avec la crème, le sucre et la poudre d'amandes. Bien mélanger.
- Après 20 minutes, verser la préparation sur la tarte et poursuivre la cuisson 15 minutes.
- Servir tiède ou froid.

Variante

Même recette avec des abricots ou des cerises; dans ce cas, employer de la gelée de groseilles.

Sur le marché d'Asnières

Déjeuner
Poule au pot
Clafoutis aux pommes

ৎ৯

Dîner
Bouillon aux vermicelles
Gratin dauphinois
Beignets soufflés « pets-de-nonne »

Produits	Prix au kg	Quantité	Francs	Euros
Poule	26,00 F	2 kg	52,00 F	7,93 €
Pied de veau	10,00 F/pied	1 pied	10,00 F	1,52 €
Carottes	5,25 F	400 g	2,10 F	0,32 €
Navets	6,20 F	400 g	2,48 F	0,38 €
Poireaux	17,40 F	600 g	10,44 F	1,59 €
Oignons	8,00 F	200 g	1,60 F	0,24 €
Pommes	12,00 F	500 g	6,00 F	0,91 €
Œufs	1 F pièce	7	7,00 F	1,07 €
Lait entier		1 litre	4,92 F	0,75 €
Pommes de terre	7,00 F	1 kg	7,00 F	1,07 €
Jambon talon	52,00 F	150 g	7,80 F	1,19 €
Total			111,34 F	16,97 €

Prix relevés sur le marché d'Asnières.

Commentaires

Il y a **poule** et poule. Et il y a généralement poule et poularde. La belle poule de ferme, ronde, dodue, pulpeuse comme un Rubens, a quasiment disparu des étalages. Sa vocation était de pondre, de satisfaire aux exigences sexuelles du coq et de couver pour assurer la descendance de la race. Les malheureuses poules de batterie, tassées les unes contre les autres, empêchées de dormir par la lumière électrique qui ne s'éteint jamais et condamnées à pondre deux œufs et demi par jour pendant les deux ans de leur existence, doivent en rêver !

La poule digne de ce nom se doit de peser entre 2,2 kg et 3,5 kg. La graisse doit être aimablement répartie sur l'ensemble de la bête ; la couleur jaune pâle, transparente, doit être visible sous la peau diaphane et aux alentours du croupion. Contrairement au poulet, le bréchet et le bec doivent être fermes, les ongles usés et les pattes calleuses, preuve d'une existence agraire. On essaie trop souvent de faire passer un gros poulet, grassouillet, pour une poule. Il ne faut pas se laisser prendre à ce jeu malhonnête.

Les gallinacés et les humains ont certains points communs. L'adolescent est à l'homme ce que le poulet est au coq. La poulette est à la poule ce que la pucelle est à la Belle Otéro. La **poularde** n'a pas la chance de la poule, elle reste vierge toute sa vie. Elle ne profite pas du plaisir que procure la ponte : à en croire les poules interrogées, elles éprouvent, à l'exception de quelques bégueules, un réel plaisir à cet exercice. Généralement, son destin de poularde la condamne à être engraissée en épinette – cage en bois – dans la pénombre. La nourriture est très souvent excellente, surtout si elles ont la chance de naître en Bresse. Lait, maïs et autres céréales concassées sont leur quotidien.

Pendant sept à huit mois, les poulardes n'ont qu'un objectif : assurer la qualité de leur chair, tendre et goûteuse. Malheureusement, la « vraie » poularde se fait rare et il est fréquent de voir certains volaillers ou bouchers indélicats baptiser – dans la plus parfaite illégalité – poularde une poule ou un poulet de plus de 1,8 kg.

Les vers de terre et autres mollusques qu'elles picorent en Bresse ne donnent pas à leur chair le même goût que les asticots de la Mayenne ou du Gers.

Comme le vin, le fromage et les bovins, les poules ont leur terroir. Seules les volailles de Bresse bénéficient d'une AOC, impliquant une zone d'élevage délimitée, une race précise, la Bresse blanche, un élevage en liberté avec une nourriture naturelle.

La poule s'achète de préférence chez un volailler. Bien que cette profession soit en voie de disparition, on en trouve encore de compétents, capables de plumer, flamber, brider. Les bouchers ont, pour la plupart, ouvert des rayons « volaille ». Certains sont devenus de vrais professionnels.

Avant l'achat d'une poule, il faut vérifier l'étiquette obligatoire portant la date limite de consommation. La petite fermière du marché ne peut pas vous donner cette garantie, mais la qualité de sa volaille compense largement.

Il est évidemment préférable, pour la recette qui nous occupe, d'acheter une poule entière. Le boucher, ou le volailler, vous donnera les pattes, le cou, les abats pour préparer le bouillon. Les poules « effilées » – débarrassées des intestins mais ayant conservé foie, cœur et poumons – ou éviscérées – PAC, prêtes à cuire, totalement vidées, cou tranché, pattes coupées à l'articulation – ne m'ont jamais inspiré confiance, même si elles sont proposées par des commerçants sérieux. La poule, vendue en morceaux, se travaille comme un coq au vin. Il faut la mettre à mariner. Sa couverture graisseuse apporte à la chair une onctuosité que l'on ne retrouve pas toujours chez le coq.

Poule au pot

Ingrédients

3 litres d'eau

1 poule de 2 kg

cous, pattes, gésiers et abats de volaille

1 os de bœuf

1 pied de veau

4 carottes moyennes

4 navets moyens

5 ou 6 poireaux

2 oignons piqués chacun de deux clous de girofle

1 tête d'ail

1 bouquet garni
(queues et bouquet de persil, 1 feuille de laurier, 1 brindille de thym, le vert de 3 poireaux, 1 petite branche de céleri)

sel, poivre au moulin

Préparation

- Installer la poule, les cous, les pattes, les gésiers, les abattis, l'os de bœuf et le pied de veau dans une grande marmite. Ajouter l'eau froide. Porter à l'ébullition.
- Écumer. Saler. Poivrer.
- Ajouter 1 navet, 1 carotte, le vert de 1 poireau et les aromates, les oignons piqués de clous de girofle et la tête d'ail non épluchée, écrasée d'un coup de pilon.
- Porter à nouveau à ébullition.
- 15 minutes plus tard, ajouter 1 petit verre d'eau froide pour faire remonter les impuretés. Lorsque l'ébullition reprend, écumer. La cuisson doit s'effectuer lentement et à couvert.
- Laisser cuire pendant 2 heures à petits bouillottements en écumant à plusieurs reprises.

- Retirer la poule. Après refroidissement, l'envelopper dans du papier d'aluminium. Réserver au réfrigérateur.
- Filtrer le bouillon. Le mettre au frais pour le dégraisser.
- Le lendemain, replonger la poule dans le bouillon dégraissé. Rectifier l'assaisonnement en gros sel et poivre du moulin. Ajouter les carottes et les navets et, 15 minutes plus tard, les poireaux. Poursuivre la cuisson 45 minutes.
- Servir sur un plat bien chaud la poule découpée et les légumes, arrosés d'un peu de bouillon, avec un bol de gros sel et un bocal de cornichons.

Variante

Accompagner la poule au pot de riz cuit dans le bouillon restant.

Clafoutis aux pommes

ℭXℨ

---- Ingrédients ----

4 belles pommes

80 g de farine

80 g de sucre + 2 cuillerées à soupe pour le moule
+ 30 g pour dorer le clafoutis

1 verre à moutarde de lait

2 jaunes d'œufs

1 cuillerée à soupe de beurre

1 pincée de sel fin

Préparation

- Préchauffer le four à 180 °C (thermostat 6).
- Éplucher les pommes, les « étrognonner », les couper en tranches épaisses (8 à 12 par pomme). Réserver.
- Dans un saladier, mélanger les jaunes d'œufs, le sucre, 1 pincée de sel et la farine. Incorporer le lait en deux fois, en fouettant doucement.

- Verser la pâte sur les pommes à travers un chinois ou une passoire fine, pour éliminer les grumeaux. Bien mélanger le tout.
- Beurrer le fond d'un moule à gratin, le saupoudrer de 2 cuillerées de sucre. Verser le mélange pâte/pommes. Mettre au four 35 minutes. Après 15 minutes de cuisson, saupoudrer le clafoutis de sucre pour le caraméliser légèrement.
- Servir tiède ou à température ambiante.

Variante
Utiliser d'autres fruits, cerises, poires, abricots, pêches en quartiers, reines-claudes, mirabelles...

Bouillon aux vermicelles

Ingrédients

800 g de bouillon de poulet

16 tranches de baguette grillées

4 cuillerées à soupe de vermicelles
(ou pâtes à potage)

sel, poivre

Préparation

- Couper 16 tranches de 5 mm d'épaisseur.
- Allumer le gril du four.
- Dans une casserole, chauffer le bouillon de poulet réservé après cuisson des ailerons. À ébullition, ajouter les vermicelles. Laisser bouillotter 5 minutes. Rectifier l'assaisonnement si nécessaire.
- Faire griller le pain sur les deux faces. Débarrasser sur une assiette.
- Servir le bouillon bien chaud en soupière, avec les tranches de pain grillées.

Gratin dauphinois

Ingrédients

1 kg de pommes de terre à chair ferme
50 cl de lait
150 g de talon de jambon cuit
200 g de crème fraîche
1 gousse d'ail
noix muscade
sel, poivre

Préparation

- Éplucher les pommes de terre, les couper en tranches fines de 5 mm d'épaisseur. Ne pas les laver.
- Détailler le talon de jambon en gros dés.
- Sur un linge, saler, poivrer et muscader les pommes de terre. Ajouter les dés de jambon. Les mélanger intimement.
- Frotter avec la gousse d'ail les parois et le fond du plat à gratin.
- Préchauffer le four à 200 °C (thermostat 6/7).
- Ranger les pommes de terre dans le plat. Verser sur les pommes de terre le lait et la crème délayés. Mettre au four pour 1 heure.
- On peut allumer le gril en fin de cuisson pour avoir une plus jolie couleur dorée.

Beignets soufflés « pets-de-nonne »

Ingrédients

125 g de beurre
1 cuillerée à café rase de sel fin
200 g de farine
5 œufs
Sucre glace ou semoule
huile de friture

Préparation

- Réunir dans une casserole 25 cl d'eau, le beurre coupé en petits morceaux et le sel.
- À ébullition, retirer la casserole du feu, ajouter la farine. Remuer avec une cuiller en bois.
- Remettre sur feu doux et dessécher la pâte 1 minute environ.
- Verser la préparation dans une autre casserole. Incorporer les œufs 2 par 2 d'abord, puis le dernier, en remuant toujours au fouet. Lorsque le mélange est bien lisse, couvrir la casserole avec une assiette.
- Chauffer l'huile de friture.
- À l'aide d'une cuiller à soupe, former des boules de la grosseur d'une noix et, avec le doigt, les faire glisser dans l'huile chaude. On peut aussi utiliser une deuxième cuiller ou une poche à pâtisserie.
- Cuire les beignets par 8, jusqu'à épuisement de la pâte.
- Les égoutter au fur et à mesure sur un papier absorbant. Les ranger sur un plat creux, les poudrer avec le sucre glace (ou semoule).
- *Nota :* pourquoi ne pas les fourrer avec un peu de confiture ? C'est délicieux. Les « pets-de-nonne » seront d'autant mieux réussis qu'ils seront bien dorés.

Sur le marché de Beauvais

Déjeuner
*Oreilles et queues de cochon,
chou vert à la vinaigrette moutardée
Crème brûlée*

⊘

Dîner
*Endives au jambon
Poires rôties au four*

Produits	Prix au kg	Quantité	Francs	Euros
Oreilles de cochon	38,00 F	500 g	19,00 F	2,90 €
Queues de cochon	38,00 F	2	38,00 F	5,79 €
Chou vert		800 g	8,00 F	1,22 €
Lait entier		1 litre	4,92 F	0,75 €
Crème fraîche		20 cl	4,26 F	0,65 €
Œufs	1,00 F pièce	8	8,00 F	1,22 €
Poires	16,40 F	4	9,84 F	1,50 €
Endives	16,60 F	600 g (8)	9,96 F	1,52 €
Citron	9,90 F	1	1,20 F	0,18 €
Jambon	58,00 F	300 g	17,40 F	2,65 €
Fromage râpé	37,00 F	1 poignée	1,85 F	0,28 €
Total			122,43 F	18,66 €

Prix relevés sur le marché de Beauvais.

Commentaires

« **D**ans le cochon tout est bon ! »

Le **porc** frais et la charcuterie cuite, sèche ou fumée, s'achètent chez un spécialiste : le charcutier. C'est lui qui transforme les différentes parties de l'animal en jambons, jambonneaux, saucisses, andouilles, andouillettes, boudins, pâtés. Le bon professionnel de la charcuterie découpe ou tranche à la demande du client. Les morceaux débités à l'avance ont tendance à se dessécher, il ne faut donc faire ses emplettes que dans des établissements à débit de vente rapide et où des règles d'hygiène strictes sont respectées. Quelques indices simples permettent de différencier le bon du mauvais porc. Si la viande est rose, presque rouge, et le gras couleur ivoire, elle peut provenir d'un vieil animal et risque d'être trop ferme pour les cuissons rapides. Éviter les chairs flasques, molles et bicolores, avec un gras mou ou jaunâtre. Attention également à la viande trop pâle – pisseuse –, elle manque de caractère, de goût, et perd beaucoup de poids à la cuisson. Il faut compter environ 150 g de viande par personne pour les grillades ou les rôtis sans os, 180 à 250 g avec os. La viande de porc étant délicieuse aussi bien froide que chaude, il est bon de prévoir une quantité supérieure afin d'en manger au cours d'un second repas.

Le porc frais se conserve pendant deux jours environ dans la partie la plus froide du réfrigérateur – 0 °C à 2 °C –, enveloppé dans le papier parchemin du charcutier. On ne doit pas le conserver dans une boîte hermétique ou dans du papier d'aluminium. S'il est nécessaire de changer le papier, utiliser du papier paraffiné laissant circuler l'air, afin d'éviter le dessèchement.

Mon truc ? Sous la pression du doigt, l'empreinte doit s'effacer immédiatement. Il est évident qu'aucun charcutier digne de ce nom ne tolérera qu'un client tripote sa viande pour vérifier sa consistance à la pression. On peut habilement demander au professionnel d'approcher la viande, ce qui permet de vérifier son grain serré.

Oreilles et queues de cochon, chou vert à la vinaigrette moutardée

Ingrédients

4 oreilles de cochon
2 queues de cochon
1 chou vert « Milan » de 800 g
120 g de vinaigrette moutardée
1 cuillerée à soupe de gros sel
1 verre de vin blanc sec
1 petit bouquet garni
(thym, laurier, queues de persil)
2 litres de bouillon du commerce (ou d'eau)
bicarbonate de soude
sel, poivre
gros sel

Préparation

- Si les oreilles et les queues ont subi un bain de saumure, les faire dégorger à l'eau claire 12 heures, en changeant l'eau 1 fois.
- Dans une casserole assez large et haute, déposer les queues d'abord, les oreilles par-dessus. Recouvrir avec le bouillon. Porter à ébullition. Écumer.
- Ajouter le vin blanc et le bouquet garni. Cuire à petits bouillottements, casserole à demi couverte, environ 2 heures. Les oreilles sont cuites quand elles commencent à se fendiller.
- Couper le chou en quatre, le laver, l'égoutter. Dans un faitout, porter à ébullition 3 litres d'eau additionnée de gros sel et d'une pointe de couteau de bicarbonate de soude. Cuire le chou

10 minutes. Retirer les quartiers avec une écumoire, les plonger dans un grand saladier d'eau froide. Égoutter.
- Ciseler le chou en lanières de 1 cm, l'arroser avec la vinaigrette moutardée. Réserver tel quel, couvert, à température ambiante.
- Égoutter les oreilles et les queues. Couper les oreilles en grosses lanières, enlever le cartilage. Procéder de même avec les queues.
- Répartir le chou sur les assiettes, garnir avec les chairs des oreilles et des queues.
- Cornichons et pot de moutarde obligatoires sur la table.
- *Nota:* la vinaigrette peut se préparer à l'avance, il suffit de secouer énergiquement avant de s'en servir.

Variante

Passer quelques minutes sous le gril les oreilles et les queues légèrement moutardées au pinceau.

Le bouillon de cuisson est excellent pour un potage.

Vinaigrette dite « classique »
20 cl de vinaigre de vin
80 cl d'huile d'arachide ou olive
15 g de sel fin
4 g de poivre du moulin

Variante avec de la moutarde
20 cl de vinaigre de vin
80 cl d'huile d'arachide, colza, maïs, tournesol...
2 cuillerées à café de moutarde forte
15 g de sel fin
4 g de poivre du moulin

On peut préférer
10 cl de vinaigre de vin
10 cl de vinaigre de xérès, banyuls ou maury
80 cl d'huile d'arachide, olive...
15 g de sel fin
4 g de poivre du moulin

Crème brûlée

Ingrédients

25 cl de lait
25 cl de crème fraîche liquide
4 jaunes d'œufs
1 œuf entier
75 g de sucre
1 gousse de vanille
sucre vergeoise pour caraméliser la crème
(ou 3 cuillerées de gelée de groseilles)

Préparation

- Préchauffer le four à 110 °C (thermostat 3/4).
- Faire bouillir le lait avec la crème. Ajouter la gousse de vanille fendue et bien grattée. Couvrir et laisser infuser.
- Dans un saladier, travailler l'œuf entier, les jaunes et le sucre. Incorporer le lait après avoir retiré les gousses de vanille. Enlever à la cuiller la mousse qui se forme à la surface.
- Verser la crème dans des petits pots ou ramequins, sur une hauteur de 1,5 cm, et mettre au four 1 heure 15.
- Allumer le four en position gril.
- Saupoudrer les petits pots de crème de sucre vergeoise. Faire caraméliser sous la rampe bien chaude.
- *Nota :* on peut préparer la crème à l'avance.

Variante

Faire cuire la crème brûlée dans un plat à gratin, en respectant l'épaisseur de 1,5 cm.

Endives au jambon

Ingrédients

8 belles endives

1 citron

2 belles cuillerées à soupe de beurre

4 belles tranches de jambon « maison »
(ou supérieur découenné)

Pour la sauce

50 cl de lait

3 jaunes d'œufs

2 belles cuillerées à soupe de beurre

2 belles cuillerées à soupe de Maïzena
ou autre fécule

1 grosse poignée de fromage râpé

noix muscade

sel, poivre

Préparation

- Choisir des endives fermées, bien blanches, plutôt joufflues, rondouillardes et courtes. Couper les pieds. Les passer à l'eau rapidement si elles sont de pleine terre.
- Les ranger dans une cocotte en fonte. Arroser avec le jus de citron, la moitié du beurre, 1/2 verre d'eau. Saler et poivrer. Couvrir. Cuire doucement pendant environ 45 minutes ; il ne doit plus rester de jus de végétation dans la cocotte.
- Surveiller qu'elles ne brûlent pas, ajouter si nécessaire quelques gouttes d'eau. Les endives doivent être très tendres.
- Couper les tranches de jambon en deux. Enrouler chaque endive dans 1/2 tranche de jambon. Les ranger dans un plat à gratin légèrement beurré.
- Préchauffer le four à 220 °C (thermostat 7).

- Réunir tous les ingrédients destinés à la sauce dans une casserole. Porter à ébullition sans cesser de remuer. Verser sur les endives. Compléter avec un peu de fromage râpé, le beurre restant en morceaux.
- Cuire au four 20 minutes.
- Passer le plat quelques minutes sous le gril pour donner à l'ensemble une belle couleur dorée. Servir bien chaud.
- *Nota :* il est souhaitable de faire cuire les endives la veille.

Variante
On peut remplacer les endives par des blancs de poireaux tronçonnés.

Poires rôties au four

ଔଠ

Ingrédients

4 belles poires de saison, mûres, bien juteuses
2 cuillerées à soupe de miel
30 g de beurre

Préparation

- Préchauffer le four à 160 °C (thermostat 5).
- Laver les poires. À l'aide d'un épluche-légumes, enlever le trognon.
- À 2 cm de la queue, faire une incision sur toute la circonférence de la poire, pour éviter qu'elle n'éclate à la cuisson.
- Garnir la cavité creusée avec le beurre. Ranger les fruits debout dans un plat à gratin. Les arroser de miel. Ajouter 1/2 verre d'eau dans le fond du plat et enfourner 30 minutes.
- Arroser 2 ou 3 fois en cours de cuisson avec le jus du plat. Les poires doivent être craquelées et cuites à cœur.
- Servir chaud ou tiède.

Variante
Remplacer le miel par du sucre semoule et l'eau par du vin blanc.

Commentaires

Dans cet ouvrage « saisonnier », nous avons sélectionné à votre intention des menus automne-hiver. Cette période de l'année est riche en festivités, qui rassemblent autour d'une table souvent généreuse famille et amis. Vous pouvez bien sûr adapter librement nos suggestions de Noël et du Nouvel An à d'autres occasions, tout aussi agréables et réjouissantes.

Nos menus de réveillons ont l'un et l'autre dépassé nos prévisions, mais ils sont généreux et festifs.

Nous avons sélectionné des recettes pouvant être réalisées la veille ou l'avant-veille, car nous tenons à ce que les maîtresses de maison ne passent pas leur soirée en cuisine.

Noël

Déjeuner
Omelette au fromage
Pomme

ରୋ

Dîner
Saumon gravlax aux aromates
Boudin blanc et
bananes rôties au four
Cuisses d'oie confites, aux aromates, marrons
et pommes au beurre
Bûche de Noël aux marrons et au chocolat

Produits	Prix au kg	Quantité	Francs	Euros
Œufs	1 F pièce	6	6,00 F	0,91 €
Cuisses d'oie	68,00 F	1 kg	68,00 F	10,37 €
Boudins blancs	68,80 F	345 g (3)	23,45 F	3,57 €
Bananes	12,80 F	700 g (4)	8,95 F	1,36 €
Marrons	39,80 F	224 g (24)	8,90 F	1,36 €
Pommes	17,80 F	3	13,95 F	2,13 €
Saumon	120,00 F	585 g	70,00 F	10,67 €
Total			199,25 F	30,37 €

Prix relevés sur le marché de Clermont-Ferrand.

Commentaires

Le **boudin blanc** n'a aucun point commun, sinon sa forme, avec le boudin noir. Cette préparation charcutière, vendue pendant les fêtes de fin d'année, consiste en une fine pâte de viande blanche – volaille, veau, maigre de porc ou lapin – additionnée de gras de porc ou de veau, de crème, de lait, d'œufs, de farine, d'épices, le tout mis sous boyau.

❈ *Déjeuner simple et frugal, pour pouvoir se consacrer à l'élaboration du repas de fête, être prêt lorsque la famille et les amis arrivent.*

Omelette au fromage

Ingrédients

6 gros œufs extra-frais
1 cuillerée à soupe de beurre + 1 autre cuillerée
1 cuillerée à soupe d'huile
2 tours de moulin à poivre
2 cuillerées à soupe de lait
100 g de fromage râpé (ou en petits dés)
1/2 cuillerée à café de sel fin

Préparation

- Choisir une poêle en fonte ou recouverte de Téflon. Si elle n'est pas suffisamment grande, faire 2 omelettes l'une après l'autre.
- Casser les œufs dans un saladier, les battre énergiquement avec le lait à l'aide d'un petit fouet. Incorporer le fromage, compléter, juste avant de verser les œufs dans la poêle, avec le sel et le poivre.
- Dans la poêle, chauffer sur feu vif l'huile et la cuillerée de beurre.

Dès qu'ils prennent une couleur noisette, verser les œufs battus et laisser prendre.
- Remuer avec une fourchette : ramener les œufs d'avant en arrière et d'arrière en avant. Lorsqu'ils commencent à se solidifier, donner à la poêle un mouvement d'avant en arrière pour éviter qu'ils n'attachent.
- À l'aide d'une spatule ou de deux fourchettes, plier l'omelette.
- Ajouter alors l'autre cuillerée de beurre dans la poêle, laisser fondre et faire glisser l'omelette dans le plat de service.
- Le dessous doit être bien doré et l'intérieur moelleux, à la limite du baveux.
- Servir aussitôt avec une belle salade.

Saumon gravlax aux aromates

Ingrédients

1 belle tranche de filet de saumon de 500 g

150 g de sucre semoule

1 cuillerée à café de poivre
en grains concassés

1/2 botte d'aneth
(ou 1 belle cuillerée à soupe de graines de fenouil)

150 g de gros sel

Préparation

- Demander au poissonnier de prélever la tranche de saumon au milieu du poisson ou près de la tête, de lui laisser la peau. Si quelques arêtes subsistent, les enlever avec une pince à épiler.
- Avec la pointe d'un petit couteau, faire une dizaine de trous dans la peau du saumon.

- Dans un saladier, mélanger le gros sel, le sucre, l'aneth coupé grossièrement (ou les graines de fenouil) et le poivre.
- Verser la moitié de cette préparation aromatique au sel dans une boîte en plastique haute ou une assiette creuse. Y déposer la tranche de poisson côté peau. Compléter avec l'autre moitié de la préparation.
- Couvrir d'un film alimentaire et réserver tel quel au réfrigérateur 48 heures.
- Extraire le saumon du sel, le plonger dans un récipient rempli d'eau froide.
- Laisser tremper 10 minutes. Égoutter sur un linge.
- Débiter en tranches de 5 mm d'épaisseur, pour avoir un peu de « mâche ».
- Servir avec du pain grillé et un filet d'huile d'olive, selon votre goût.

Boudin blanc et bananes rôties au four

Ingrédients

4 bananes (700 g environ)

3 boudins blancs de 110 à 120 g chacun

2 cuillerées à soupe de beurre

1 pincée de noix muscade râpée

sel, poivre

Préparation

- Préchauffer le four à 180 °C (thermostat 6).
- Laver les bananes. Inciser la peau sur la longueur jusqu'à la chair. Entrouvrir chaque fruit, saler, poivrer et déposer une petite noisette de beurre.
- Ranger les bananes dans un plat allant au four, le fond recouvert de 1/2 verre d'eau. Enfourner pour 15 minutes.

- Piquer chaque boudin avec une aiguille.
- Dans une casserole, les couvrir d'eau froide. À ébullition, réduire le feu. Laisser frémir 3 minutes.
- Égoutter sur une assiette. Retirer la peau. Débiter chaque boudin en 4 tronçons.
- Dans une poêle, chauffer 1 cuillerée de beurre, laisser rissoler doucement les morceaux sur chaque face, 5 minutes en tout.
- Avec une petite cuiller, récupérer la chair des bananes. Sur feu doux, dans une casserole, l'écraser rapidement à la fourchette avec le reste du beurre et la noix muscade. Rectifier l'assaisonnement.
- Sur assiette, dresser la purée de bananes et répartir 3 tronçons de boudin rissolé avec un peu de beurre de cuisson.
- Servir bien chaud.

Cuisses d'oie confites aux aromates, marrons et pommes au beurre

ΟΧΟ

Ingrédients

2 belles cuisses d'oie de 500 g chacune

250 g de marrons

125 g (12,5 cl) de crème liquide

3 pommes fruits

1 cuillerée à soupe de vinaigre d'alcool

2 gousses d'ail

1 cuillerée à café de fleur de thym

1 feuille de laurier broyée

1 pincée de noix muscade

750 g de graisse d'oie ou saindoux

2 cuillerées à soupe de beurre
1 pincée de cannelle
1 cuillerée à soupe de sel fin, poivre

Préparation

- Frotter les cuisses avec les gousses d'ail, saler, poivrer, muscader sur chaque face. Saupoudrer de thym et de laurier broyés. Laisser reposer au réfrigérateur de 12 à 15 heures.
- Ranger les cuisses dans une cocotte épaisse, recouvrir avec la graisse d'oie ou de saindoux fondu. Laisser cuire à feu très, très doux 1 heure 30 environ. Les cuisses doivent être très tendres sous la pointe du couteau.
- Pour la purée de marrons, inciser la peau de chaque marron avec la pointe d'un couteau. Les mettre dans une casserole avec la cuillerée de vinaigre. Recouvrir largement d'eau froide. Porter à ébullition et maintenir 25 minutes à petits bouillons.
- Avec une écumoire, retirer les marrons par petites quantités. Enlever l'écorce et la peau brune. Passer les marrons au mixeur ou au moulin à légumes (grille fine) ou les laisser entiers (voir *Variante*).
- Dans deux casseroles différentes, porter l'eau et la crème fraîche à ébullition.
- Dans une casserole, verser la purée de marrons. Additionner l'eau bouillante et 1 pincée de sel. Mélanger soigneusement, puis incorporer la crème bouillante sans cesser de remuer. Réserver au chaud, couvert.
- Éplucher les pommes. Les couper en quartiers. Faire fondre 2 cuillerées à soupe de beurre dans une poêle à revêtement antiadhésif. Dès qu'il atteint la couleur noisette, ajouter les quartiers de pommes. Les saupoudrer de cannelle et les faire dorer sur les deux faces 5 à 6 minutes en tout.
- Égoutter les cuisses d'oie, les dorer dans une poêle, les couper en deux.
- Dresser les cuisses sur le plat de service, entourées de quartiers de pommes fruits et servir la purée de marrons en légumier.

Variante

On peut confire les cuisses à l'avance et les réserver au réfrigérateur quelques jours dans leur graisse, qu'on utilisera ultérieurement pour rissoler des pommes de terre. Pourquoi ne pas servir une salade craquante sur une petite assiette ?

Les marrons peuvent être cuits à l'autocuiseur 7 ou 8 minutes. Dans ce cas, les garder entiers après épluchage et les passer à la poêle en même temps que les cuisses d'oie confites.

Bûche de Noël aux marrons et au chocolat

Ingrédients

1 boîte de marrons entiers au naturel de 400 g, soit 280 g égouttés

100 g de chocolat dessert (64 % de cacao)

100 g de beurre

80 g de sucre semoule

6 biscuits à la cuiller (ou boudoirs)

100 g (10 cl) de crème liquide

sucre glace

Préparation

- Égoutter les marrons dans une passoire. Les réduire en purée au moulin à légumes (grille moyenne) au-dessus d'un saladier.
- Casser le chocolat en morceaux dans une petite casserole placée dans un bain-marie. Laisser fondre. Ajouter le beurre en morceaux et le sucre. Remuer. Lorsque l'appareil est homogène, le verser sur la purée de marrons. Mélanger avec une cuiller en bois. Laisser reposer 10 minutes.

- Battre la crème en chantilly, ne pas la sucrer. L'incorporer au mélange chocolat/marrons en soulevant délicatement la masse.
- Utiliser un moule à cake ou à pâté de 20 cm de longueur, 8 cm de largeur, 5 à 6 cm de hauteur.
- Plier en deux une feuille d'aluminium, découper un rectangle de 20 x 30 cm. En tapisser le moule, en prenant soin de la faire dépasser de 5 cm uniquement sur les deux longueurs.
- Remplir le moule avec la préparation. Terminer par les biscuits à la cuiller (6 pièces environ), rangés dans le sens de la longueur. Recouper les extrémités si nécessaire, les réserver pour la décoration. Rabattre la double épaisseur de papier d'aluminium sur les biscuits.
- Étaler un linge sur le plan de travail. Démouler au centre. Les biscuits deviennent alors la base du gâteau. Ne pas retirer le papier d'aluminium.
- Refermer le torchon autour de la bûche et serrer les deux extrémités. Façonner à la main pour donner à l'ensemble une forme arrondie.
- Réserver la bûche telle quelle sur un plat quelques heures au réfrigérateur.
- Débarrasser la bûche de son « emballage », linge et papier d'aluminium.
- Tracer des lignes sur la surface pour imiter l'écorce d'un arbre. Sectionner chaque extrémité bien nettement avec un couteau. Garnir avec les morceaux de biscuits précédemment coupés.
- Parsemer d'un peu de chocolat en tablette râpé. À travers une grande passoire fine, saupoudrer légèrement de sucre glace.
- La décoration est laissée à l'appréciation de chacun, selon son talent : bougies, feuilles de houx en pâte d'amandes, sujets divers...
- Réserver au réfrigérateur. Entreposer à température de la pièce 30 minutes avant la dégustation.
  Voilà une bûche délicieuse, du plus bel effet et, ce qui n'est pas négligeable, facile à réaliser.
- *Nota :* lui donner une autre forme, au choix, si elle est servie en dehors des fêtes de Noël.

Nouvel An

Gougères au fromage
Parfait de foies de volailles
Tartines de campagne au ragoût de champignons
et œufs pochés
Canard à l'orange
Purée de marrons et céleris
Diplomate aux fruits confits

Produits	Prix au kg	Quantité	Francs	Euros
Canard	41,95 F	1,575 kg	78,00 F	11,89 €
Champignons de Paris	26,00 F	195 g	5,05 F	0,77 €
Chanterelles	120,00 F	55 g	28,00 F	4,27 €
Oranges	6,50 F	224 g (6)	8,90 F	1,36 €
Œufs	1 F pièce	12	12,00 F	1,83 €
Crème fraîche (1 pot)	48,00 F	220 g	10,55 F	1,61 €
Fromage	75,00 F	150 g	11,25 F	1,72 €
Fruits confits	100,00 F	340 g	34,30 F	5,23 €
Foies de poulet	26,50 F	325 g	8,60 F	1,31 €
Foies de canard	65,00 F	365 g	23,75 F	3,62 €
Total			220,40 F	33,60 €

Prix relevés sur le marché de Vichy.

Commentaires

Le **canard** est un oiseau palmipède. Selon son mode de vie, son mode d'alimentation ou sa destination culinaire, il a trois appellations : canard à rôtir, canard gras ou gibier. Les paléontologues situent son apparition dès l'ère tertiaire. C'est pourquoi on l'a baptisé le « vétéran des basses-cours » mais avant qu'il barbote docilement dans la mare de la ferme, il a fallu l'apprivoiser. En Europe, la domestication du canard est récente. Au XVIIIe siècle, on prélevait encore des œufs de canes sauvages que l'on donnait à couver à des poules et des oies.

À la fin du XIXe siècle, les guides d'élevage ne mentionnaient que deux variétés de canards communs : le *barboteur ordinaire* et le *canard de Normandie*, deux oiseaux très proches du *colvert*.

• Le *canard de Barbarie* est issu d'une espèce de canard sauvage originaire d'Amérique du Sud. Un mâle peut peser plus de 4 kg. Sa carcasse est richement garnie de masses musculaires « nobles » – filets, cuisses, ailes –, plus appréciées de nos jours que les carcasses entières. C'est le plus courant.

• Le *canard nantais* est à l'origine un métis natif de Challans. La Vendée, pays de marais, était une halte habituelle pour les canards sauvages. Les canes d'élevage appréciaient beaucoup les hommages de ces beaux mâles « venus d'ailleurs ». La souche est aujourd'hui stabilisée et la qualité régulière.

• Le *rouen* ou *rouan* est connu depuis le XVIIIe siècle. On en fait grand cas dans les livres de cuisine en le présentant comme le seul canard destiné à mourir étouffé alors que les autres étaient saignés. Délicieux, il est malheureusement de plus en plus rare.

• Le *pékin* est une variété assez grasse, très bonne pondeuse – 250 œufs en 45 semaines. Il est surtout élevé pour confectionner le célèbre canard laqué de la restauration chinoise.

Avant tout, il est bon de ne pas confondre, au moment de l'achat, le canard gras et le canard à rôtir, même s'ils sont souvent, l'un et l'autre, issus de la même race, le *Barbarie*. Le canard gras est gavé pour obtenir du foie gras alors que le canard à rôtir ne subit pas ce genre de traitement.

Plus le canard est jeune, plus il est tendre. Quand il a moins de deux mois, on l'appelle canette ou caneton sans que cette connotation ait un caractère sexiste. La souplesse de son bec témoigne de sa jeunesse. Moins lourde que le canard – 2,5 à 3 kg –, la canette – 1,3 à 1,7 kg –, qui a une chair plus fine et souvent moins grasse, est bien meilleure au printemps.

On trouve le canard effilé, c'est-à-dire débarrassé des viscères mais avec le foie et le gésier, ou prêt-à-cuire, c'est-à-dire éviscéré et sans abats. Le canard est également vendu prédécoupé en ailes ou en cuisses. Les canards dits « à rôtir » sont souvent présentés cuisinés sous vide ou congelés. Les préparations sous forme de confits concernent les canards gras. L'appellation « magret » est réservée au filet d'oie et de canard gras élevés par les producteurs de foie gras. Il est présenté avec la peau et la graisse sous-cutanée.

Le canard se congèle parfaitement, cru ou cuit.

À partir de la date limite de consommation, fixée à 11 jours après l'abattage, et sachant que sa température de conservation est fixée entre 0 et 4 °C, on laissera le canard au réfrigérateur peu de temps avant de le cuisiner, 2 jours maximum. Comme toutes les autres viandes et volailles, un canard rôti, hors sa sauce, se conservera 3 ou 4 jours au réfrigérateur alors que dans sa sauce la conservation est limitée à 2 jours.

S'il est découpé, il faudra compter 125 g de viande par personne ; entier, il sera bon de prévoir 300 g par personne.

Attention à ne pas acheter un canard à la peau trop épaisse, granuleuse, graisseuse, ou qui porte des marques de coups. Il faut choisir un canard un peu gras, avec une peau fine, soyeuse, sans taches ni marques. Les *canards de Barbarie* sont plus riches en viande que les canards ordinaires, de type *pékin*, plus gras.

Avec le canard à rôtir, on peut préparer des rillettes, des pâtés, des terrines, mais son destin est avant tout de finir à la broche. Au four, en cocotte, il aime être braisé, une vingtaine de minutes par livre. On peut aussi le traiter en ragoût ou en sauté, cuit au vin après une nuit de marinade, s'il est un peu âgé. Le magret se poêle à feu vif sans matière grasse. À la fin de la cuisson, 10 minutes de repos permettent de le servir saignant mais chaud à cœur.

Le canard aime pratiquement tous les accompagnements. Sa chair riche s'accommode de traitements sucrés ou aigres-doux. L'orange, la cerise, le navet, le haricot blanc du cassoulet et les pêches sont ses compagnons familiers en France. Au Portugal, on l'aime à la banane, au concombre en Roumanie, laqué en Chine, aux airelles, poires et pistaches aux États-Unis et aux fruits secs au Moyen-Orient. Les épices ne lui font pas peur.

Gougères au fromage

Ingrédients

5 cl de lait + 1 cuillerée à soupe

50 g de beurre

90 g de farine

2 œufs

150 g d'emmenthal (ou de gruyère) en dés

1 pointe de couteau de noix muscade râpée

sel, poivre

Préparation

- Réunir 7,5 cl d'eau et le lait dans une casserole. Ajouter le beurre coupé en petits morceaux. Faire bouillir.

- Hors du feu, incorporer la farine. Bien mélanger avec une cuiller en bois. Remettre sur le feu 1 minute pour dessécher la pâte.
- Débarrasser la préparation dans un saladier. Introduire d'abord 1 œuf, remuer énergiquement, puis l'autre œuf, remuer encore, enfin le fromage coupé en petits dés. Saler (un peu), poivrer, muscader.
- À l'aide d'une cuiller à café, prélever un peu de pâte et faire glisser en s'aidant d'un doigt sur la plaque à pâtisserie. Répéter l'opération jusqu'à épuisement de la pâte.
- Avec le dos d'une fourchette trempée dans 1 cuillerée à soupe de lait, appuyer légèrement sur chaque chou.
- Cuire 12 minutes dans un four préchauffé à 180 °C (thermostat 6).

Ustensiles

On peut utiliser une poche à pâtisserie pour former les gougères et les déposer sur la plaque à pâtisserie.

Parfait de foies de volailles

Ingrédients

250 g de foies de volailles et de canards

200 g de bardes de lard blanc fondant

3 jaunes d'œufs

25 g de raisins de Corinthe

2,5 cl de porto (ou pineau)

200 g (20 cl) de crème liquide

1 pointe de couteau de quatre-épices

10 g de sel fin

2 g de poivre (1/2 cuillerée à café rase)

Préparation

- Faire dégorger – pour en éliminer le sang – les foies de volailles dans l'eau froide pendant 2 jours, au réfrigérateur. Changer l'eau au moins 4 fois.
- Attention : tous les ingrédients de la recette doivent être à la même température (20 °C à 25 °C), y compris la crème.
- Égoutter les foies 1 heure avant la préparation. Les mixer avec le lard. Incorporer les jaunes d'œufs, le sel, le poivre, le quatre-épices, enfin la crème tiède.
- Filtrer cette préparation dans une passoire fine. En remplir un plat allant au four, de 3 à 4 cm de haut. Répartir les raisins préalablement gonflés dans le porto ou le pineau.
- Cuire dans un bain-marie 1 heure au four préchauffé à 100 °C (thermostat 3/4).
- Laisser refroidir et mettre au réfrigérateur.
- À l'aide d'une cuiller à soupe trempée dans l'eau chaude, faire 1 ou 2 belles quenelles. Les déposer sur une assiette.
- Servir avec un buisson de mâche, endive, scarole ou cœur de rougette... et des tranches de pain, grillées d'un seul côté pour garder le moelleux de la mie.
- ***Nota :*** le parfait de foies est encore meilleur préparé 2 jours à l'avance. Les quenelles se façonnent plus aisément.

Tartines de campagne au ragoût de champignons et œufs pochés

Ingrédients

200 g de champignons de Paris

50 g de chanterelles

4 œufs extra-frais

2 échalotes

1 petit nouet de gaze contenant 1 fleur de badiane ou 1 cuillerée à café de graines de fenouil, 1 cuillerée à café de graines de coriandre, 1 branche de thym

2 cuillerées à soupe de beurre

5 cl de porto

2 cuillerées à soupe de crème fraîche

1/2 verre à moutarde de vinaigre d'alcool

4 tranches de pain de campagne épaisses (1,5 cm)

1 gousse d'ail

persil plat, ciboulette

sel, poivre

Préparation

- Éplucher et laver les champignons. Les égoutter, les émincer.
- Dans une cocotte, faire fondre le beurre. Ajouter les échalotes finement coupées. Laisser cuire doucement 7 à 8 minutes. Ajouter les champignons de Paris et les chanterelles. Laisser s'évaporer à feu un peu vif l'eau de végétation des champignons.
- Verser le porto. Poursuivre la réduction. Compléter avec la crème fraîche.
- À ébullition, plonger le nouet de gaze contenant les aromates.

Saler, poivrer. Cuire doucement à couvert 15 minutes.
- Dans une casserole à jupe haute, faire bouillir 1,5 litre d'eau additionnée de 1/2 verre de vinaigre.
- À l'avance, casser les œufs séparément dans des soucoupes ou des tasses à café.
- Lorsque l'eau bout, verser l'un après l'autre les œufs dans l'eau. Les blancs vont rapidement envelopper les jaunes.
- Réduire le feu, laisser pocher environ 3 ou 4 minutes.
- Retirer les œufs un à un avec une petite écumoire. Les déposer aussitôt dans un saladier d'eau froide. Réserver tel quel au réfrigérateur, jusqu'au lendemain si nécessaire.
- Pour le dressage, préchauffer le gril du four.
- Réchauffer le ragoût de champignons.
- Égoutter les œufs pochés sur un linge.
- Passer les tranches de pain de campagne sous le gril, d'un seul côté. Les frotter avec 1/2 gousse d'ail.
- Les ranger sur un plat de service. Répartir le ragoût de champignons, garnir avec les œufs pochés et remettre sous le gril 1 minute.
- Couper un peu de persil plat ou ciseler de la ciboulette sur chaque œuf. Servir aussitôt

Nota : on peut confectionner la veille, sans risque, le ragoût de champignons, le laisser alors refroidir et le réserver au réfrigérateur.

Variante

On peut remplacer les tartines de pain par une croûte feuilletée, genre bouchée à la reine, ou un petit pain rond individuel, creusé de sa mie ; plus simplement, disposer le ragoût de champignons et les œufs dans un plat et servir les tranches de pain grillées et aillées séparément.

Canard à l'orange

Ingrédients

1 canard de 1,5 kg environ

1 carotte

1 oignon

1 bouquet garni
*(1 petite branche de céleri, 1 branche de thym,
1 feuille de laurier, queues de persil)*

3 oranges

2 cuillerées à soupe de sucre

1 cuillerée à café de concentré de tomates

1 petit verre de porto rouge

1 petit verre de Grand Marnier
(une bonne rasade)

1 grand verre de vin rouge corsé

2 cuillerées à soupe de beurre

2 cuillerées à soupe d'huile

sel, poivre

Proportions

- La veille, concasser les abattis du canard : cou, ailerons, gésier, et les abattis supplémentaires demandés au volailler ou au boucher.
- Dans une cocotte, les faire dorer sur toutes les faces avec 1 cuillerée à soupe de beurre et 1 cuillerée à soupe d'huile. Ajouter la carotte et l'oignon épluchés, émincés finement. Mélanger. Faire cuire pendant 5 bonnes minutes.
- Arroser avec le porto et le vin rouge. Laisser réduire de moitié.
- Verser 50 cl d'eau. Porter à ébullition.
- Compléter avec le concentré de tomates. Mélanger.
- Écumer. Saler, poivrer.

- Introduire le bouquet garni. Faire cuire 20 minutes à demi couvert.
- Filtrer à travers une passoire fine pour récupérer le jus. Bien presser pour exprimer tous les sucs.
- Après refroidissement, réserver ce fond au réfrigérateur jusqu'au lendemain.
- Préchauffer le four à 180 °C (thermostat 6). Saler, poivrer le canard. Le déposer sur la lèchefrite ou dans un plat creux, avec 1 cuillerée à soupe de beurre. Cuire 40 minutes en le retournant régulièrement et en l'arrosant avec le jus.
- À l'aide d'un économe, prélever 3 beaux rubans d'écorce d'oranges. Les détailler en bâtonnets très fins. Les ébouillanter 3 minutes.
- Les rafraîchir sous l'eau froide, les égoutter et les remettre dans une petite casserole avec 1 cuillerée à soupe de sucre en poudre, juste recouverts d'eau. Cuire doucement à petit feu jusqu'à ce que les zestes s'enrobent d'un joli brillant.
- Dans une casserole, réunir le reste du sucre et le jus de 1 orange. Laisser cuire jusqu'à obtention d'un caramel.
- Incorporer le fond préparé la veille, après avoir pris soin de le débarrasser de la graisse de surface. Compléter avec la petite rasade de Grand Marnier. Rectifier l'assaisonnement.
- À l'aide d'un couteau bien aiguisé, enlever la peau épaisse et blanche qui recouvre les oranges, les débiter en quartiers ou en rondelles de 1 cm d'épaisseur.
- Découper le canard. Le dresser sur le plat de service. Décorer avec les zestes d'oranges confits et les morceaux d'oranges.
- Remettre quelques instants au four. Ajouter un peu de sauce bien chaude.
- Servir avec des pommes de terre frites très fines ou des chips.

> ***Nota :*** on peut préférer les oranges « à cru », c'est meilleur, mais plus long à réaliser. Peler le fruit à vif et à l'aide d'un couteau très aiguisé, séparer chaque quartier de chair de la membrane qui l'entoure.

Diplomate aux fruits confits

Ingrédients

200 g de pain de mie brioché
200 g de lait (20 cl)
60 g (6 cl) de crème fraîche
50 g de sucre semoule
3 œufs
100 g de fruits confits mélangés, coupés en petits dés
30 g de raisins blonds
1 cuillerée à soupe de rhum brun

Préparation

- Dans un bol, laisser gonfler les raisins avec le rhum.
- Préchauffer le four à 160 °C (thermostat 5/6).
- Dans un saladier, casser les œufs, incorporer le sucre, le lait et la crème. Mélanger.
- Couper le pain brioché en gros dés de 1,5 cm de côté environ, les répartir dans le plat avec les fruits confits et les raisins imbibés de rhum. Recouvrir avec la préparation œufs/lait/sucre/crème.
- Poser le plat dans la lèchefrite, sur 4 épaisseurs de papier journal, avec 4 verres d'eau. Cuire au four 1 heure 45, au bain-marie. Rajouter un peu d'eau dans le bain-marie à mi-cuisson, si nécessaire. Laisser refroidir.
- ***Nota :*** peut se faire à l'avance et se garder au réfrigérateur. Utiliser un plat à gratin de 24 cm de longueur, 18 cm de largeur et 4 cm de hauteur.

Index
par produit

Abats 34, 101, 219, 220, 243
Agneau 18, 67, 68, 93, 101, 124, 125, 167
Ananas 124, 126, 127
Banane 38, 44, 156, 167, 236, 244
Betterave 125, 127, 128
Bœuf bourguignon 72, 74, 75, 78
Boudin blanc 234, 236
Bulot 158, 159
Cabillaud 200, 201
Canard 242-244, 245, 249
Cantal 66-67
Céleri 33, 73, 74, 75, 76, 134, 151, 193, 213, 220, 249
Champignons 103, 160, 172, 173, 177, 183, 211, 214, 247
Chocolat 50, 111, 239
Chou 13, 110, 116, 138, 185, 227
Concombre 30
Coque 56, 57, 58
Couscous 66, 67, 68
Crabe 112
Croque-monsieur 150, 155
Curry 38, 42, 151, 183, 185
Endive 13, 46, 48, 201, 230, 246
Étrille 212
Fenouil 20
Frisée 72
Hareng 196
Haricots secs 132, 134
Jambonneau 92, 94, 226
Lapin 31, 34
Lentilles 92-93, 94, 132
Mâche 57
Maquereau 100-101, 103
Merlan 56-57, 59, 160
Moutarde 13, 28-29, 31, 41, 57, 61, 102, 151, 174, 185, 227-228

Œuf 13-15, 19, 23, 24, 25, 34, 41, 47, 50, 52, 56, 57, 60, 61, 77, 80, 81, 92, 95, 104, 111, 112, 118, 119, 135, 136, 143, 144, 153, 156, 160, 168, 174, 175, 177, 179, 184, 186, 188, 192, 195, 198, 202, 203, 205, 209, 215, 221, 224, 229, 230, 234, 244, 245, 247, 251
Oignon 13, 19, 21, 22, 31, 33, 40, 48, 74, 78, 93, 94, 106, 125, 134, 137, 142, 143, 147, 152, 161, 166, 174, 183, 193, 196, 200, 211, 212, 214, 220, 249
Olive 70, 133
Orange 69, 146, 163, 167, 195, 249
Pâtes 49, 74, 85-86, 88, 102, 182-183, 222
Pintade 84, 208-209, 211
Pizza 158, 161
Poire 53, 87, 129, 156, 167, 170, 202, 231
Poireau 22, 33, 100, 102, 212, 220, 231
Polenta 156
Pomme 21, 39, 53, 63, 95, 114, 121, 148, 156, 167, 179, 215, 221
Porc 31, 40, 43, 74, 93, 94, 97, 101, 116, 134, 143, 144, 167, 177, 203, 226, 227, 234
Potiron 42
Poule 94, 218-219, 220
Poulet 49, 51, 67, 84-85, 86, 88, 183, 222
Pruneaux 121, 163
Rognons 93, 97, 101
Saumon 110, 235
Scarole 29, 34, 38, 43, 246
Tapioca 18-19, 25
Veau 19, 101, 106, 143, 144, 152, 174, 220, 234

Table des recettes

Bananes au four à la gelée de groseilles	44
Beignets aux pommes	95
Beignets soufflés « pets-de-nonne »	224
Betteraves en salade, à l'ail ou à l'échalote	127
Bisque d'étrilles	212
Blanquette de veau	19
Bœuf bourguignon	74
Boudin blanc et bananes rôties au four	236
Bouillon aux vermicelles	222
Bouillon de poulet	51
Bûche de Noël aux marrons et au chocolat	239
Bugnes, roussettes ou merveilles	118
Bulots mayonnaise	159
Canard à l'orange	249
Carottes râpées citronnées, pomme fruit	39
Céleri rémoulade	151
Champignons de Paris à la coriandre fraîche	173
Charlotte aux pommes	114
Chili con carne	166
Choux à la crème pâtissière	153
Clafoutis aux pommes	221
Cœur de veau braisé aux carottes	106
Compote de poires à la vigneronne	170
Compote de poires au sirop vanillé	87
Compote de pommes et de poires	53
Concombres rémoulade	30
Couscous royal	67
Crème anglaise	137
Crème brûlée	229
Crème Chantilly	176
Crêpes au sucre	104
Croque-monsieur	155
Crumble aux pommes	63
Cuisses d'oie confites aux aromates, marrons et pommes au beurre	237
Darne de cabillaud poêlée, fondue d'endives à la crème	201
Diplomate aux fruits confits	251

Endives à la grecque	48
Endives au jambon	230
Fenouil braisé	20
Fontainebleau à la crème fouettée	89
Fromage blanc au miel	139
Gâteau aux poires	202
Gâteau fondant et moelleux au chocolat	111
Gnocchis gratinés à la parisienne	119
Gougères au fromage	244
Goujonnettes de merlan, persil frit	59
Granité à l'orange	146
Gratin dauphinois	223
Gratin de macaronis au poulet	88
Hachis Parmentier	78
Île flottante au caramel	136
Irish stew	125
Jambonneau de porc aux lentilles	94
Langue de veau, sauce gribiche	174
Lapin à la moutarde	31
Lasagnes à la bolognaise	193
Le pâté de campagne	203
Maquereaux en meurette, pommes de terre vapeur	103
Marmite de poissons du pêcheur provençal, pommes de terre sauce tartare	61
Mendiant de fruits secs	121
Meringues	175
Mousse au chocolat	50
Murson (ou saucisse de couennes), purée de navets	128
Œufs au lait à la vanille	60
Œufs cocotte au beurre	209
Œufs mollets aux épinards frais	52
Omelette au fromage	234
Omelette au sucre	198
Omelette paysanne aux lardons, champignons, fromage	177
Oreilles et queues de cochon, chou vert à la vinaigrette moutardée	227
Pain perdu au miel	184
Palette de porc à la purée de haricots blancs	134
Parfait de foies de volailles	245
Pâte brisée	23
Pâté de campagne	203
Pâté pantin à la viande	143

Pâte sablée	80
Petits choux farcis	116
Petits pots à la vanille et au caramel	77
Picholines	70
Pintade « grand-mère »	211
Pizza napolitaine	161
Poireaux vinaigrette	102
Poires pochées au sirop, sauce au chocolat chaud	129
Poires rôties au four	231
Poitrine de porc demi-sel au court-bouillon, pommes de terre écrasées	40
Polenta aux fruits d'hiver	156
Pommes au four à la ménagère	21
Pommes de terre sautées	32
Potage du cultivateur	33
Poule au pot	220
Poulet au curry	183
Poulet en croûte de pain	86
Pruneaux au vin d'orange	163
Purée de céleri-rave	76
Quatre-quarts aux pommes	179
Quiche lorraine	24
Risotto aux champignons	214
Riz au lait aux zestes d'orange et cannelle	35
Riz pilaf	21
Rognons de porc à la persillade, salade verte	97
Sablés à la confiture de fruits	188
Salade de fruits d'hiver	167
Salade d'oranges à la grenadine	69
Salade de chou-fleur vinaigrette	185
Salade de citrons jaunes aux olives	133
Salade de mâche aux coquillages	57
Saucisses, choux de Bruxelles	138
Saumon frais, chou vert en embeurrée	110
Saumon gravlax aux aromates	235
Scarole aux foies de volaille et à l'effilochée de lapin	34
Scarole aux lardons de poitrine de porc	43
Semoule de riz aux raisins	98
Soufflé à la confiture	205
Soufflé au crabe	112
Soufflé au fromage	168
Soupe à l'oignon gratinée	147

Soupe aux poireaux et pommes de terre	22
Soupe d'ananas frais	126
Soupe de potiron crémée au curry	42
Tagliatelles à la crème, aux ailes de poulet	49
Tapioca au lait et à la vanille	25
Tarama	200
Tarte à l'orange	195
Tarte à la bière blonde et au sucre	41
Tarte au citron	81
Tarte aux pommes alsacienne	215
Tarte fine maison aux pommes	148
Tartines de campagne au ragoût de champignons et œufs pochés	247
Tendrons de veau aux carottes	152
Terrine de harengs marinés aux aromates, pommes vapeur	196
Terrine de merlan (pour 2 repas)	160
Tourte au fromage	186

Composition réalisée par NORD COMPO

Imprimé en France sur Presse Offset par

BRODARD & TAUPIN

GROUPE CPI

La Flèche (Sarthe).
N° d'imprimeur : 16954 – Dépôt légal Éditeur 29147-01/2003
Édition 1
LIBRAIRIE GÉNÉRALE FRANÇAISE - 43, quai de Grenelle - 75015 Paris.

ISBN : 2 - 253 - 16600 - 6   31/6600/6